날개

지은이 이상

시인이자 소설가. 본명은 김해경(金海卿)이다.

1910년에 태어나 1912년 아들이 없던 백부의 집에 장손으로 입양되었고, 백부의 교육열에 힘입어 신명학교, 보성고등보통학교, 경성고등공업학교 건축과를 마쳤다. 이상은 예술적인 재능뿐만 아니라 다양한 분야에서 재능을 발휘한 '천재'이다.

그의 소설로는 「날개」, 「지주회시(蜘蛛會豕)」, 「동해(童骸)」, 「봉별기(逢別記)」, 「종생기(終生記)」 등이 있다.

현대문학 짧은 이야기 3
날개

초판 1쇄 발행 2024년 6월 30일

지은이 이상
펴낸이 백광석
펴낸곳 다온길

출판등록 2018년 10월 23일 제2018-000064호
전자우편 baik73@gmail.com

ISBN 979-11-6508-573-5 (03810)

현대문학 짧은 이야기 3
날개

이상 지음

다온길

서문

이상의 소설이다.

짧은 이야기들을 모아 한 권의 책으로 내게 되었다.

이상은 시인이자 소설가로, 초현실주의적 시세계로 유명하다.

1930년대 모더니즘 소설의 대표작으로 평가받고 있는 「날개」는 이상의 대표적인 단편 소설로 잘 알려져 있다. 작가 이상 자신의 경험과 내면이 많이 반영되어 있으며, 이 작품은 의식의 흐름 기법을 사용하여 주인공의 분열된 자아와 내면 세계를 표현한다.

이상 소설은 근대문학의 성격을 현대문학으로 전환시키는 데 기여하였으며 그의 작품은 현대문학의 새로운 지평을 열었다고 평가받고 있다. 그의 소설은 현실과 비현실의 경계를 허물며, 초현실적이고 환상적인 세계를 보여주며, 그의 작품에는 비논리적이고 모호한 요소들이 많이 등장한다.

개화기를 분수령으로 고전문학과 현대문학으로 나누어진다.

현대 문학은 개인에 대한 집중, 마음의 내적 작용에 대한 관심, 전통적인 문학적 형태와 구조에 대해 거부하며 작가들은 정체성, 소외, 인간의 조건과 같은 복잡한 주제와 아이디어를 탐구하는 게 특징이다.

'역사를 잊은 민족에게는 미래는 없다'는 말이 있듯, 과거의 현대문학을 보면 오늘을 살아가는 우리의 모습이 투영된다.

차례

1장

봉별기

1

스물세 살이요 - 삼월이요 -

각혈이다. 여섯 달 잘 기른 수염을 하루 면도칼로 다듬어 코밑에 다만 나비만큼 남겨 가지고 약 한 제 지어들고 B라는 신개지(新開地) 한적한 온천으로 갔다. 게서 나는 죽어도 좋았다.

그러나 이내 아직 기를 펴지 못한 청춘이 약탕관을 붙들고 늘어져서는 날 살리라고 보채는 것은 어찌하는 수가 없다. 여관 한등(寒燈) 아래 밤이면 나는 늘 억울해했다.

사흘을 못 참고 기어이 나는 여관 주인영감을 앞장세워 밤에 장고소리 나는 집으로 찾아갔다. 게서 만난 것이 금홍(錦紅) [1] 이다.

---

1) 금홍 : 이상이 23세 때 황해도 배천 온천에서 만나 동거생활을 했던 술집 여자.

"몇 살인구"

체대(體大)가 비록 풋고추만하나 깡그라진 계집이 제법 맛이 맵다. 열여섯 살 많아야 열아홉 살이지 하고 있자니까,

"스물한 살이에요."
"그럼 내 나인 몇 살이나 돼뵈지"
"글쎄 마흔? 서른아홉"

나는 그저 흥! 그래 버렸다. 그리고 팔짱을 떡 끼고 앉아서는 더욱더욱 점잖은 체했다. 그냥 그날은 무사히 헤어졌건만.

이튿날 화우(畵友) K군 [2] 이 왔다. 이 사람인즉 나와 농하는 친구다. 나는 어쩌는 수 없이 그 나비 같다면서 달고 다니던 코밑수염을 아주 밀어 버렸다. 그리고 날이

10

저물기가 급하게 또 금홍이를 만나러 갔다.

---

2) K군 : 구본웅(1906~1953). 서양화가. 곱추의 몸으로 예술을 통해 생의 희열을 찾으려 했으며, 입체주의의 영향을 받아 지적이고 분석적인 화풍을 지녔었다. 이상과는 매우 깊은 친구로 이상의 초상화를 그린 것이 남아 있다.

  "어디서 뵌 어른 같은데."

  "엊저녁에 왔던 수염 난 양반, 내가 바루 아들이지. 목소리꺼지 닮었지"

  하고 익살을 부렸다. 주석이 어느덧 파하고 마당에 내려서다가 K군의 귀에 대고 나는 이렇게 속삭였다.

  "어때? 괜찮지? 자네 한번 얼러 보게."

  "관두게, 자네나 얼러 보게."

  "어쨌든 여관으로 껄구 가서 짱껭뽕을 해서 정허기루 허세나."

  "거 좋지."

  그랬는데 K군은 측간에 가는 체하고 피해 버렸기 때문에 나는 부전승으로 금홍이를 이겼다. 그날 밤에 금홍

11

이는 금홍이가 경산부라는 것을 감추지 않았다.

"언제?"
"열여섯 살에 머리 얹어서 열일곱 살에 낳았지."
"아들?"
"딸."
"어딨나?"
"돌 만에 죽었어."

지어 가지고 온 약은 집어치우고 나는 전혀 금홍이를 사랑하는 데만 골몰했다.

못난 소린 듯하나 사랑의 힘으로 각혈이 다 멈췄으니까.

나는 금홍이에게 놀음채를 주지 않았다. 왜? 날마다 밤마다 금홍이가 내 방에 있거나 내가 금홍이 방에 있거나 했기 때문에 - 그 대신 -

우(禹)라는 불란서 유학생의 유야랑(遊冶郞) [3]을 나는 금홍이에게 권하였다. 금홍이는 내 말대로 우씨와 더불어 '독탕'에 들어갔다. 이 '독탕'이라는 것은 좀 음란한 설비였다. 나는 이 음란한 설비 문간에 나란히 벗어 놓은 우씨와 금홍이 신발을 보고 언짢아하지 않았다.

3) 유야랑 : 방탕을 일삼는 화류남.

나는 또 내 곁방에 와 묵고 있는 C라는 변호사에게
도 금홍이를 권하였다. C는 내 열성에 감동되어 하는 수
없이 금홍이 방을 범했다.

그러나 사랑하는 금홍이는 늘 내 곁에 있었다. 그리
고 우, C 등등에게서 받은 십 원 지폐를 여러 장 꺼내 놓
고 어리광 섞어 내게 자랑도 하는 것이었다.

그러자 나는 백부님 4) 소상 때문에 귀경하지 않으면
안 되게 되었다. 복숭아꽃이 만발하고 정자 곁으로 석간
수가 졸졸 흐르는 좋은 터전을 한군데 찾아가서 우리는
석별의 하루를 즐겼다. 정거장에서 나는 금홍이에게 십
원 지폐 한 장을 쥐어 주었다. 금홍이는 이것으로 전당잡
힌 시계를 찾겠다고 그러면서 울었다.

4) 백부님 : 김연필(金演弼)을 말함. 그의 실부는 김연창(金演昌)이었음.

2

금홍이가 내 아내가 되었으니까 우리 내외는 참 사랑했다. 서로 지나간 일은 묻지 않기로 하였다. 과거래야 내 과거가 무엇 있을 까닭이 없고 말하자면 내가 금홍이 과거를 묻지 않기로 한 약속이나 다름없다.

금홍이는 겨우 스물한 살인데 서른한 살 먹은 사람보다도 나았다. 서른한 살 먹은 사람보다도 나은 금홍이가 내 눈에는 열일곱 살 먹은 소녀로만 보이고 금홍이 눈에 마흔 살 먹은 사람으로 보인 나는 기실 스물세 살이요, 게다가 주책이 좀 없어서 똑 여남은 살 먹은 아이 같다. 우리 내외는 이렇게 세상에도 없이 현란(絢爛)하고 아기자기하였다.

부질없는 세월이 - 일년이 지나고 팔월, 여름으로는 늦고 가을로는 이른 그 북새통에 - 금홍이에게는 예전 생활에 대한 향수가 왔다.

나는 밤이나 낮이나 누워 잠만 자니까 금홍이에게 대하여 심심하다. 그래서 금홍이는 밖에 나가 심심치 않은 사람들을 만나 심심치 않게 놀고 돌아오는 즉 금홍이의 협착(狹窄)한 생활이 금홍이의 향수를 향하여 발전하고 비약하기 시작하였다는 데 지나지 않는 이야기다.

그런데 이번에는 내게 자랑을 하지 않는다. 않을 뿐만 아니라 숨기는 것이다.

이것은 금홍이로서 금홍이답지 않은 일일밖에 없다. 숨길 것이 있나? 숨기지 않아도 좋지. 자랑을 해도 좋지.

나는 아무 말도 하지 않는다. 나는 금홍의 오락의 편의를 돕기 위하여 가끔 P군 집에 가 잤다. P군은 나를 불쌍하다고 그랬던가 싶이 지금 기억된다.

나는 또 이런 것을 생각하지 않았던 것도 아니다. 즉 남의 아내라는 것은 정조를 지켜야 하느니라고!

금홍이는 나를 내 나태한 생활에서 깨우치게 하기 위하여 우정 간음하였다고 나는 호의로 해석하고 싶다. 그러나 세상에 흔히 있는 아내다운 예의를 지키는 체해 본 것은 금홍이로서 말하자면 천려(千慮)의 일실(一失)이 아닐 수 없다.

이런 실없는 정조를 간판삼자니까 자연 나는 외출이 잦았고 금홍이 사업에 편의를 돕기 위하여 내 방까지도 개방하여 주었다. 그러는 중에도 세월은 흐르는 법이다.

하루 나는 제목(題目) 없이 금홍이에게 몹시 얻어맞

15

았다. 나는 아파서 울고 나가서 사흘을 들어오지 못했다. 너무도 금홍이가 무서웠다.

나흘 만에 와보니까 금홍이는 때묻은 버선을 윗목에다 벗어 놓고 나가 버린 뒤였다.

이렇게도 못나게 홀아비가 된 내게 몇 사람의 친구가 금홍이에 관한 불미한 가십을 가지고 와서 나를 위로하는 것이었으나 종시 나는 그런 취미를 이해할 도리가 없었다.

버스를 타고 금홍이와 남자는 멀리 과천 관악산으로 가는 것을 보았다는데 정말 그렇다면 그 사람은 내가 쫓아가서 야단이나 칠까 봐 무서워서 그런 모양이니까 퍽 겁쟁이다.

3

인간이라는 것은 임시 거부하기로 한 내 생활이 기억력이라는 민첩한 작용을 하지 않았기 때문에 두 달 후에는 나는 금홍이라는 성명 삼자까지도 말쑥하게 잊어버리고 말았다. 그런 두절된 세월 가운데 하루 길일을 복(卜)하여 금홍이가 왕복 엽서처럼 돌아왔다. 나는 그만

16

깜짝 놀랐다.

금홍이의 모양은 뜻밖에도 초췌하여 보이는 것이 참 슬펐다. 나는 꾸짖지 않고 맥주와 붕어 과자와 장국밥을 사먹여 가면서 금홍이를 위로해 주었다. 그러나 금홍이는 좀처럼 화를 풀지 않고 울면서 나를 원망하는 것이었다. 할 수 없어서 나도 그만 울어 버렸다.

"그렇지만 너무 늦었다. 그만해두 두 달 지간이나 되니 않니? 헤어지자, 응"

"그럼 난 어떻게 되우, 응"

"마땅헌 데 있거든 가거라, 응."

"당신두 그럼 장가가나? 응"

헤어지는 한에도 위로해 보낼지어다. 나는 이런 양식 아래 금홍이와 이별했더니라. 갈 때 금홍이는 선물로 내게 베개를 주고 갔다.

그런데 이 베개 말이다.

이 베개는 이인용(二人用)이다. 싫대도 자꾸 떠맡기고 간 이 베개를 나는 두 주일 동안 혼자 베어 보았다. 너무 길어서 안됐다. 안됐을 뿐 아니라 내 머리에서는 나지 않는 묘한 머릿기름 땟내 때문에 안면(安眠)이 적이 방해된다.

나는 하루 금홍이에게 엽서를 띄웠다.

'중병에 걸려 누웠으니 얼른 오라'고.

금홍이는 와서 보니까 참 딱했다. 이대로 두었다가는 역시 며칠이 못 가서 굶어 죽을 것같이만 보였던가 보다. 두 팔을 부르걷고 그날부터 나가서 벌어다가 나를 먹여살린다는 것이다.

"오-케이."

인간 천국. 그러나 날이 좀 추웠다. 그러나 나는 대단히 안일하였기 때문에 재채기도 하지 않았다.

이러기를 두 달? 아니 다섯 달이나 되나 보다. 금홍이는 홀연히 외출했다.

달포를 두고 금홍의 홈식(향수)을 기대하다가 진력이 나서 나는 기명집물(器皿什物)을 두들겨 팔아 버리고 이십일 년 만에 집으로 돌아갔다.

와보니 우리집은 노쇠했다. 이어 불초 이상(李箱)은 이 노쇠한 가정을 아주 쑥밭을 만들어 버렸다. 그 동안 이태 가량. 어언간 나도 노쇠해 버렸다. 나는 스물일곱 살이나 먹어 버렸다.

천하의 여성은 다소간 매춘부의 요소를 품었느니라고 나 혼자는 굳이 신념한다.

그 대신 내가 매춘부에게 은화를 지불하면서는 한 번도 그녀들을 매춘부라고 생각한 일이 없다. 이것은 내 금홍이와의 생활에서 얻은 체험만으로는 성립되지 않는 이론같이 생각되나 기실 내 진담이다.

4

나는 몇 편의 소설과 몇 줄의 시를 써서 내 쇠망해 가는 심신 위에 치욕을 배가 하였다. 이 이상 내가 이 땅에서의 생존을 계속하기가 자못 어려울 지경에까지 이르렀다. 나는 하여간 허울 좋게 말하자면 망명해야겠다.

어디로 갈까. 나는 만나는 사람마다 동경으로 가겠다고 호언했다. 그뿐 아니라 어느 친구에게는 전기 기술에 관한 전문 공부를 하러 간다는 둥, 학교 선생님을 만

나서는 고급 단식 인쇄술을 연구하겠다는 둥, 친한 친구에게는 내 오 개 국어에 능통할 작정일세 어쩌구, 심하면 법률을 배우겠소까지 허담을 탕탕 하는 것이다.

웬만한 친구는 보통들 속나 보다. 그러나 이 헛선전을 안 믿는 사람도 더러는 있다. 하여간 이것은 영영 빈빈털터리가 되어 버린 이상의 마지막 공포에 지나지 않는 것만은 사실이겠다.

어느 날 나는 이렇게 여전히 공포(空砲)를 놓으면서 친구들과 술을 먹고 있자니까 내 어깨를 툭 치는 사람이 있다. '긴상'이라는 이다.

"긴상 5)(이상도 사실은 긴상이다), 참 오래간만이슈. 건데 긴상 꼭 긴상 한번 만나 뵙자는 사람이 하나 있는데 긴상 어떡허시려우."

"거 누군구. 남자야? 여자야?"

"여자니까 일이 재미있지 않느냐 그런 말야."

"여자라?"

"긴상 옛날 오쿠상(아내)."

_____

5) 긴상 : 이상의 본명은 김해경이니 김씨다. 긴상은 일본말로 김씨를 가리키는 말.

금홍이가 서울에 나타났다는 이야기다. 나타났으면 나타났지 나를 왜 찾누. 나는 긴상에게서 금홍이의 숙소를 알아 가지고 어쩔 것인가 망설였다. 숙소는 동생 일심(一心)이 집이다.

드디어 나는 만나 보기로 결심하고 그리고 일심이 집을 찾아가서,

"언니가 왔다지."

"어유. 아제두, 돌아가신 줄 알았구려! 그래 자그만치 인제 온단 말씀유, 어서 들오슈."

금홍이는 역시 초췌하다. 생활전선에서의 피로의 빛이 그 얼굴에 여실하였다.

"네놈 하나 보구져서 서울 왔지 내 서울 뭘 허려 왔다디?"

"그러게 또 난 이렇게 널 찾아오지 않었니?"

"너 장가갔다더구나."

"애 디끼 싫다. 기 육모초 겉은 소리."

"안 갔단 말이냐 그럼?"

"그럼."

당장에 목침이 내 면상을 향하여 날아 들어왔다. 나는 예나 다름이 없이 못나게 웃어 주었다.

술상을 보아 왔다. 나도 한 잔 먹고 금홍이도 한 잔 먹었다. 나는 영변가를 한마디하고 금홍이는 육자배기를 한마디했다.

밤은 이미 깊었고 우리 이야기는 이게 이 생(生)에서의 영이별이라는 결론으로 밀려갔다. 금홍이는 은수저로 소반전을 딱딱 치면서 내가 한 번도 들은 일이 없는 구슬픈 창가를 한다.

"속아도 꿈결 속여도 꿈결 굽이굽이 뜨내기 세상 그늘진 심정에 불질러 버려라 운운."

2장

권태
. . . .

1

어서… 차라리 어두워 버리기나 했으면 좋겠는데…
벽촌의 여름날은 지루해서 죽겠을 만큼 길다.

동에 팔봉산, 곡선은 왜 저리도 굴곡이 없이 단조로
운고?

서를 보아도 벌판, 북을 보아도 벌판, 아, 이 벌판은
어쩌라고 이렇게 한이 없이 늘어놓였을꼬? 어쩌자고 저
렇게 똑같이 초록색 하나로 돼먹었노?

농가가 가운데 길 하나를 두고 좌우로 한 10여 호씩
있다. 휘청거리는 소나무 기둥, 흙을 주물러 바른 벽, 강
낭대로 둘러싼 울타리, 울타리를 덮은 호박덩굴, 모두가
그게 그것같이 똑같다.

어제 보던 댑싸리 나무, 오늘도 보는 김 서방, 내일도 보아야 할 흰둥이 검둥이.

해는 100도 가까운 볕을 지붕에도 벌판에도 뽕나무에도 암탉 꼬랑지에도 내리쬔다. 아침이나 저녁이나 뜨거워하며 견딜 수가 없는 염서(炎署) 계속이다.

나는 아침을 먹었다. 할 일이 없다. 그러나 무작정 널따란 백지같은 '오늘'이라는 것이 내 앞에 펼쳐져 있으면서 무슨 기사(記事)라도 좋으니 강요한다. 나는 무엇이고 하지 않으면 안 된다. 무엇을 해야 할 것인가 연구해야 한다. 그럼 나는 최 서방네 집 사랑 툇마루 장기나 두러 갈까. 그것이 좋다.

최 서방은 들에 나갔다. 최 서방네 사랑에는 아무도 없나 보다. 최 서방의 조카가 낮잠을 잔다. 아하, 내가 아침을 먹은 것은 10시나 지난 후니까 최서방의 조카로서는 낮잠 잘 시간에 틀림없다.

나는 최 서방의 조카를 깨워 가지고 장기를 한판 벌이기로 한다. 최 서방의 조카로서는 그러니까 나와 장기 둔다는 것 그것부터가 권태다. 밤낮 두어야 마찬가질 바에 안 두는 것이 차라리 낫지. 그러나 안 두면 또 무엇을 하나? 둘밖에 없다.

지는 것도 권태이거늘 이기는 것이 어찌 권태 아닐 수 있으랴? 열 번 두어서 열 번 내리 이기는 장난이란 열 번 지는 이상으로 싱거운 장난이다. 나는 참 싱거워서 참을 수가 없다.

한번쯤 져주리라. 나는 한참 생각하는 체하다가 슬그머니 위험한 자리에 장기 조각을 갖다 놓는다. 최 서방의 조카는 하품을 쓱 한번 하더니 이윽고 둔다는 것이 딴전이다. 으레 질 것이니까 골치 아프게 수를 보고 어쩌고 하기도 싫다는 사상이리라. 아무렇게나 생각나는 대로 장기를 갖다 놓고는 그저 얼른얼른 끝을 내어 져줄 만큼은 져주면 이 상승장군(常勝將軍)은 이 압도적인 권태를 이기지 못해 제출물에 가버리겠지 하는 사상이리라.

나는 부득이 또 이긴다. 인제 그만 두잔다. 물론 그만 두는 수밖에 없다.

일부러 져준다는 것조차가 어려운 일이다. 나는 왜 저 최 서방의 조카처럼 아주 영영 방심 상태가 되어 버릴 수가 없나? 이 질식할 것 같은 권태 속에서도 사세(些細)한 승부에 구속을 받나? 아주 바보가 되는 수는 없나?

내게 남아 있는 이 치사스러운 인간 이욕이 다시없이 밉다. 나는 이 마지막 것을 면해야 한다. 권태를 인식하는 신경마저 버리고 완전히 허탈해 버려야 한다.

2

나는 개울가로 간다. 가물로 하여 너무나 빈약한 물이 소리 없이 흐른다.

뼈처럼 앙상한 물줄기가 왜 소리를 치지 않나?

너무 덥다. 나뭇잎들이 다 축 늘어져서 허덕허덕하도록 덥다. 이렇게 더우니 시냇물인들 서늘한 소리를 내어 보는 재간도 없으리라.

나는 그 물가에 앉는다. 앉아서, 자, 무슨 제목으로 나는 사색해야 할 것인가 생각해 본다. 그러나 물론 아무런 제목도 떠오르지는 않는다.

그렇다면 아무것도 생각 말기로 하자. 그저 한량없이 넓은 초록색 벌판 지평선, 아무리 변화하여 보았댔자 결국 치열한 곡예의 역(域)을 벗어나지 않는 구름, 이런 것을 건너다본다.

지구 표면적의 100분의 99가 이 공포의 초록색이리라. 그렇다면 지구야말로 너무나 단조 무미한 채색이다. 도회에는 초록이 드물다. 나는 처음 여기 표착하였을 때

이 신선한 초록빛에 놀랐고 사랑하였다. 그러나 닷새가 못 되어서 이 일망무제의 초록색은 조물주의 몰취미와 신경의 조잡성으로 말미암은 무미건조한 지구의 여백인 것을 발견하고 다시금 놀라지 않을 수 없었다.

어쩔 작정으로 저렇게 퍼렇나. 하루 온종일 저 푸른 빛은 아무 짓도 하지 않는다. 오직 그 푸른 것에 백치와 같이 만족하면서 푸른 채로 있다.

이윽고 밤이 오면 또 거대한 구렁이처럼 빛을 잃어버리고 소리도 없이 잔다. 이 무슨 거대한 겸손이냐.

이윽고 겨울이 오면 초록은 실색한다. 그러나 그것은 남루를 갈기갈기 찢은 것과 다름없는 추악한 색채로 변하는 것이다. 한겨울을 두고 이 황막하고 추악한 벌판을 바라보고 지내면서 그래도 자살 민절(悶絶)하지 않는 농민들은 불쌍하기도 하려니와 거대한 천치다.

그들의 일생이 또한 이 벌판처럼 단조한 권태 일색으로 도포(塗布)된 것이리라. 일할 때는 초록 벌판처럼 더워서 숨이 칵칵 막히게 싱거울 것이요, 일하지 않을 때에는 겨울 황원처럼 거칠고 구지레하게 싱거울 것이다.

그들에게는 흥분이 없다. 벌판에 벼락이 떨어져도 그 것은 뇌성 끝에 가끔 있는 다반사에 지나지 않는다. 촌동

29

(村童)이 범에게 물려가도 그것은 맹수가 사는 산촌에 가끔 있는 신벌(神罰)에 지나지 않는다. 실로 전신주 하나 없는 벌판에서 그들이 무엇을 대상으로 흥분할 수 있으랴.

팔봉산 등을 넘어 철골 전신주가 늘어섰다. 그러나 그 동선(銅線)은 이 촌락에 엽서 한 장을 내려뜨리지 않고 섰는 채다. 동선으로는 전류도 통하리라. 그러나 그들의 방이 아직도 송명(松明)으로 어둠침침한 이상 그 전선주들은 이 마을 동구에 늘어선 포플라 나무와 조금도 다름이 없다.

그들에게 희망은 있던가? 가을에 곡식이 익으리라. 그러나 그것은 희망은 아니다. 본능이다.

내일. 내일도 오늘 하던 계속의 일을 해야지. 이 끝없는 권태의 내일은 왜 이렇게 끝없이 있나? 그러나 그들은 그런 것을 생각할 줄 모른다. 간혹 그런 의혹이 전광과 같이 그들의 흉리(胸裏)를 스치는 일이 있어도 다음 순간 하루의 노역으로 말미암아 잠이 오고 만다. 그러니 농민은 참 불행하도다.

그럼, 이 흉악한 권태를 자각할 줄 아는 나는 얼마나 행복된가.

3

댑싸리 나무도 축 늘어졌다. 물은 흐르면서 가끔 웅덩이를 만나면 썩는다.

내가 앉아 있는 데는 그런 웅덩이가 있다. 내 앞에서 물은 조용히 썩는다.

낮닭 우는 소리가 무던히 한가롭다. 어제도 울던 낮닭이 오늘도 또 울었다는 외에 아무 흥미도 없다. 들어도 그만 안 들어도 그만이다. 다만 우연히 귀에 들려왔으니까 그저 들었달 뿐이다.

닭은 그래도 새벽, 낮으로 울기나 한다. 그러나 이 동리의 개들은 짖지를 않는다. 그러면 모두 벙어리 개들인가, 아니다. 그 증거로는 이 동리 사람이 아닌 내가 돌팔매질을 하면서 위협하면 10리나 달아나면서 나를 돌아다 보고 짖는다.

그렇건만 내가 아무 그런 위험한 짓을 하지 않고 지나가면 천리나 먼 데서 온 외인(外人), 더구나 안면이 이처럼 창백하고 봉발(蓬髮)이 작소(鵲巢)를 이룬 기이한 풍모를 쳐다보면서도 짖지 않는다. 참 이상하다. 어째서 여기 개들은 나를 보고 짖지를 않을까? 세상에도 희귀

한 겸손한 개들도 다 많다.

이 겁쟁이 개들은 이런 나를 보고도 짖지를 않으니 그럼 대체 무엇을 보아야 짖으랴?

그들은 짖을 일이 없다. 여인(旅人)은 이곳에 오지 않는다. 오지 않을 뿐만 아니라 국도 연변에 있지 않는 이 촌락을 그들은 지나갈 일도 없다. 가끔 이웃 마을의 김 서방이 온다. 그러나 그는 여기 최 서방과 똑같은 복장과 피부색과 사투리를 가졌으니 개들이 짖어 무엇하랴. 이 빈촌에는 도둑이 없다. 인정 있는 도둑이면 여기 너무나 빈한한 새악시들을 위하여 훔친 바, 비녀나 반지를 가만히 놓고 가지 않으면 안 되리라. 도둑에게는 이 마을은 도둑의 도심(盜心)을 도둑맞기 쉬운 위험한 지대리라.

그러니 실로 개들이 무엇을 보고 짖으랴. 개들은 너무나 오랫동안(아마 그 출생 당시부터) 짖는 버릇을 포기한 채 지내 왔다. 몇 대를 두고 짖지 않은 이곳 견족(犬族)들은 드디어 짖는다는 본능을 상실하고 만 것이리라. 인제는 돌이나 나무토막으로 얻어맞아서 견딜 수 없이 아파야 겨우 짖는다. 그러나 그와 같은 본능은 인간에게도 있으니 특히 개의 특징으로 쳐들 것은 못 되리라.

개들은 대개 제가 길리우고 있는 집 문간에 가 앉아서 밤이면 밤잠, 낮이면 낮잠을 잔다. 왜? 그들은 수위(守衛)할 아무 대상도 없으니까다.

최 서방네 개가 이리로 온다. 그것을 김 서방네 개가 발견하고 일어나서 영접한다. 그러나 영접해 본댔자 할 일이 없다. 양구(良久)에 그들은 헤어진다.

설레설레 길을 걸어 본다. 밤낮 다니던 길, 그 길에는 아무것도 떨어진 것이 없다. 촌민들은 한여름 보리와 조를 먹는다. 반찬은 날된장과 풋고추이다. 그러니 그들의 부엌에조차 남은 것이 없겠거늘 하물며 길가에 무엇이 족히 떨어져 있을 수 있으랴.

길을 걸어 본댔자 소득이 없다. 낮잠이나 자자. 그리하여 개들은 천부의 수위술을 망각하고 탐닉하여 버리지 않을 수 없을 만큼 타락하고 말았다.

슬픈 일이다. 짖을 줄 모르는 벙어리 개, 지킬 줄 모르는 게으름뱅이 개, 이 바보 개들은 복날 개장국을 끓여 먹기 위하여 촌민의 희생이 된다. 그러나 불쌍한 개들은 음력도 모르니 복날은 몇 날이나 남았나 전혀 알 길이 없다.

4

이 마을에는 신문도 오지 않는다. 소위 승합 자동차라는 것도 통과하지 않으니 도회의 소식을 무슨 방법으로 알랴?

오관이 모조리 박탈된 것이나 다름없다. 답답한 하늘, 답답한 지평선, 답답한 풍경 가운데 나는 이리 뒹굴저리 뒹굴 구르고 싶을 만큼 답답해하고 지내야만 된다.

아무것도 생각할 수 없는 상태 이상으로 괴로운 상태가 또 있을까. 인간은 병석에서도 생각하는 법이다.

끝없는 권태가 사람을 엄습하였을 때 그의 동공은 내부를 향하여 열리리라. 그리하여 망쇄(忙殺)할 때보다도 몇 배나 더 자신의 내면을 성찰할 수 있을 것이다.

현대인의 특질이요 질환인 자의식의 과잉은 이런 권태하지 않을 수 없는 권태 계급의 철저한 권태로 말미암음이다. 육체적 한산, 정신적 권태, 이것을 면할 수 없는 계급이 자의식 과잉의 절정을 표시한다.

그러나 지금 이 개울가에 앉은 나에게는 자의식 과잉조차가 폐쇄되었다.

이렇게 한산한데, 이렇게 극도의 권태가 있는데, 동공은 내부를 향하여 열리기를 주저한다.

아무것도 생각하기 싫다. 어제까지도 죽는 것을 생각하는 것 하나만은 즐거웠다. 그러나 오늘은 그것조차가 귀찮다. 그러면 아무 것도 생각하지 말고 눈뜬 채 졸기로 하자.

더워 죽겠는데 목욕이나 할까? 그러나 웅덩이 물은 썩었다. 썩지 않은 물을 찾아가는 것은 귀찮은 일이고….

썩지 않은 물이 여기 있다기로서니 나는 목욕하지 않으리라. 옷을 벗기가 귀찮다. 아니! 그보다도 그 창백하고 앙상한 수구(瘦軀)를 백일 아래에 넣어 말리는 파렴치를 나는 견디기 어렵다.

땀이 옷에 배이면? 배인 채 두자.

그렇다고 하더라도 이 더위는 무슨 더위냐. 나는 일어나서 오던 길을 되돌아서는 도중에서 교미하는 개 한 쌍을 만났다. 그러나 인공의 교미가 없는 축류(畜類)의 교미는 풍경이 권태 그것인 것같이 권태 그것이다. 동리 동해(童孩)들에게도 젊은 촌부들에게도 흥미의 대상이

되지 않는다.

함석 대야는 그 본연의 빛을 일찍이 잃어버리고 그들의 피부색과 같이 붉고 검다. 아마 이 집 주인 아주머니가 시집올 때 가지고 온 것이리라.

세수를 해본다. 물조차가 미지근하다. 물조차가 이 무지한 더위에는 견딜 수 없었나 보다. 그러나 세수의 관례대로 세수를 마친다.

그리고 호박덩굴이 축 늘어진 울타리 밑 호박덩굴의 뿌리 돋친 데를 찾아서 그 물을 준다. 너라도 좀 생기를 내라고.

땀내 나는 수건으로 얼굴을 훔치고 툇마루에 걸터앉았자니까 내가 세수할 때 내곁에 늘어섰던 주인집 아이들 넷이 제각기 나를 본받아 그 대야를 사용하여 세수를 한다.

저 애들도 더워서 저러는구나 하였더니 그렇지 않다. 그 애들도 나처럼 일거수일투족을 어찌하였으면 좋을까 당황해하고 있는 권태들이었다. 다만 내가 세수하는 것을 보고 그럼 우리도 저 사람처럼 세수나 해볼까 하고 따라서 세수를 해보았다는 데 지나지 않는다.

5

원숭이가 사람의 흉내를 내는 것이 내 눈에는 참 밉다. 어쩌자고 여기 아이들은 내 흉내를 내는 것일까? 귀여운 촌동들을 원숭이를 만들어서는 안된다.

나는 다시 개울가로 가본다. 썩은 물 늘어진 댑싸리 외에 아무것도 없다.

그러나 나는 거기 앉아서 이번에는 그 썩은 중의 웅덩이 속을 들여다본다.

순간 나는 진기한 현상을 목도한다. 무수한 오점이 방향을 정돈해 가면서 움직이고 있는 것이다. 이것은 생물임에 틀림없다. 송사리떼임에 틀림없다.

이 부패한 소택(沼澤) 속에 이런 앙증스러운 어족이 서식하리라고는 나는 참 꿈에도 생각지 못했다. 요리 몰리고 조리 몰리고 역시 먹을 것을 찾음이리라. 무엇을 먹고 사누. 버러지를 먹겠지. 그러나 송사리보다도 더 작은 버러지라는 것이 있을까!

잠시 가만 있지 않는다. 저물도록 움직인다. 대략 같은 동기와 같은 모양으로들 그러는 것 같다. 동기! 역시 송사리의 세계에도 시급한 목적이 있는 모양이다.

차츰차츰 하류를 향하여 군중적으로 이동한다. 저렇게 하류로 하류로만 가다가 또 어쩔 작정인가. 아니 그들은 중로(中路)에서 또 상류를 향하여 거슬러 올라올지도 모른다. 그러나 당장 하류로 향하여 가고 있는 것이 확실하다. 하류로 하류로!

5분 후에는 그들의 모양이 보이지 않을 만큼 그들은 멀리 하류로 내려갔다. 그리고 웅덩이는 아까와 같이 도로 썩은 물의 웅덩이로 조용해지고 말았다.

나는 그 자리에서 일어나서 풀밭으로 가보기로 한다. 풀밭에는 암소 한 마리가 있다.

고 웅덩이 속에 고런 맹랑한 현상이 잠복해 있을 수 있다니, 하고 나는 적잖이 흥분했다. 그러나 그 현상도 소낙비처럼 지나가고 말았으니 잊어버리고 그만두는 수밖에.

소의 뿔은 벌써 소의 무기는 아니다. 소의 뿔은 오직 안경의 재료일 따름이다. 소는 사람에게 얻어맞기로 위주니까 소에게는 무기가 필요 없다. 소의 뿔은 오직 동물학자를 위한 표지이다야우시대(野牛時代)에는 이것으로 적을 돌격한 일도 있습니다, 하는 마치 폐병(廢兵)의 가슴에 달린 훈장처럼 그 추억성이 애상적이다.

암소의 뿔은 수소의 그것보다도 더한층 겸허하다. 이 애상적인 뿔이 나를 받을 리 없으니 나는 마음놓고 그 곁 풀밭에 가 누워도 좋다. 나는 누워서 우선 소를 본다.

소는 잠시 반추를 그치고 나를 응시한다.

'이 사람의 얼굴이 왜 이리 창백하냐. 아마 병인인가 보다. 내 생명에 위해를 가하려는 거나 아닌지 나는 조심해야 되지.'

이렇게 소는 속으로 나를 심리(審理)하였으리라. 그러나 5분 후에는 소는 다시 반추를 계속하였다. 소보다도 내가 마음을 놓는다.

소는 식욕의 즐거움조차를 냉대할 수 있는 지상 최대의 권태자다. 얼마나 권태 지질렀길래 이미 위에 들어간 식물을 다시 게워 그 시금털털한 반소화물의 미각을 역설적으로 향락하는 체해 보임이리오?

소의 체구가 크면 클수록 그의 권태도 크고 슬프다.

나는 소 앞에 누워 내세균같이 사소한 고독을 겸손하면서, 나도 사색의 반추는 가능할는지 몰래 좀 생각해 본다.

6

길 복판에서 6, 7인의 아이들이 놀고 있다. 적발동부(赤髮銅膚)의 반라군(半裸群)이다. 그들의 혼탁한 안색, 흘린 콧물, 두른 베두렁이 벗은 웃통만을 가지고는 그들의 성별조차 거의 분간할 수 없다.

그러나 그들은 여아가 아니면 남아요 남아가 아니면 여아인, 결국에는 귀여운 5, 6세 내지 7, 8세의 '아이들'임에는 틀림없다. 이 아이들이 여기 길 한복판을 선택하여 유희하고 있다.

돌멩이를 주워 온다. 여기는 사금파리도 벽돌 조각도 없다. 이 빠진 그릇을 여기 사람들은 버리지 않는다.

그리고는 풀을 뜯어 온다. 풀, 이처럼 평범한 것이 또 있을까. 그들에게 있어서는 초록빛의 물건이란 어떤 것이고 간에 다시없이 심심한 것이다. 그러나 하는 수 없다. 곡식을 뜯는 것도 금제니까 풀밖에 없다.

돌멩이로 풀을 짓찧는다. 푸르스레한 물이 돌에 가염색된다. 그러면 그 돌과 그 풀은 팽개치고 또 다른 풀과 돌멩이를 가져다가 똑같은 짓을 반복한다. 한 10분 동안이나 아무 말이 없이 잠자코 이렇게 놀아 본다.

10분 만이면 권태가 온다. 풀도 싱겁고 돌도 싱겁다. 그러면 그 외에 무엇이 있나? 없다.

그들은 일제히 일어선다. 질서도 없고 충동의 재료도 없다. 다만 그저 앉았기 싫으니까 이번에는 일어서 보았을 뿐이다.

일어서서 두 팔을 높이 하늘을 향하여 쳐든다. 그리고 비명에 가까운 소리를 질러 본다. 그러더니 그냥 그 자리에서들 겅중겅중 뛴다. 그러면서 그 비명을 겸한다.

나는 이 광경을 보고 그만 눈물이 났다. 여북하면 저렇게 놀까. 이들은 놀 줄조차 모른다. 어버이들은 너무 가난해서 이들 귀여운 애기들에게 장난감을 사다줄 수가 없었던 것이다.

이 하늘을 향하여 두 팔을 뻗치고 그리고 소리를 지르면서 뛰는 그들의 유희가 내 눈에는 암만해도 유희같이 생각되지 않는다. 하늘은 왜 저렇게 어제도 오늘은 내일도 푸르냐는 조물주에게 대한 저주의 비명이 아니고 무엇이랴.

아이들은 짖을 줄조차 모르는 개들과 놀 수는 없다. 그렇다고 모이 찾느라고 눈이 벌건 닭들과 놀 수도 없다. 아버지도 어머니도 너무나 바쁘다. 언니 오빠조차 바쁘다. 역시 아이들은 아이들끼리 노는 수밖에 없다. 그런데 대체 무엇을 갖고 어떻게 놀아야 하나, 그들에게는 장난감 하나가 없는 그들에게는 영영 엄두가 나서지를 않는 것이다. 그들은 이렇듯 불행하다.

그 짓도 5분이다. 그 이상 더 길게 이 짓을 하자면 그들은 피로할 것이다.

순진한 그들이 무슨 까닭에 피로해야 되나? 그들은 위선 싱거워서 그 짓을 그만둔다.

그들은 도로 나란히 앉는다. 앉아서 소리가 없다. 무엇을 하나. 무슨 종류의 유희인지, 유희는 유희인 모양인데… 이 권태의 왜소 인간들은 또 무슨 기상천외의 유희를 발명했나.

5분 후에 그들은 비키면서 하나씩 둘씩 일어선다. 제각각 대변을 한 무더기씩 누어 보았다. 아, 이것도 역시 그들의 유희였다. 속수무책의 그들 최후의 창작 유희였다. 그러나 그중 한 아이가 영 일어나지를 않는다. 그는 대변이 나오지 않는다. 그럼 그는 이번 유희의 못난 낙오자임에 틀림없다.

분명히 다른 아이들 눈에 조소의 빛이 보인다. 아, 조물주여! 이들을 위하여 풍경과 완구를 주소서.

7

날이 어두워졌다. 해저와 같은 밤이 오는 것이다. 나는 자못 이상하다.

가만히 생각해 보면 나는 배가 고픈 모양이다. 이것이 정말이라면 그럼 나는 어째서 배가 고픈가. 무엇을 했다고 배가 고픈가.

자기 부패 작용이나 하고 있는 웅덩이 속을 실로 송사리떼가 쏘다니고 있더라. 그럼 내 장부(臟腑) 속으로도 나로서 자각할 수 없는 송사리떼가 준동하고 있나 보다. 아무튼 나는 밥을 아니 먹을 수는 없다.

밥상에는 마늘장아찌와 날된장과 풋고추 조림이 관성의 법칙처럼 놓여 있다. 그러나 먹을 때마다 이 음식이 내 입에 내 혀에 다르다. 그러나 나는 그 까닭을 설명할 수 없다.

마당에서 밥을 먹으면 머리 위에서 그 무수한 별들이 야단이다. 저것은 또 어쩌라는 것인가. 내게는 별이 천문학의 대상이 될 수 없다. 그렇다고 시상(詩想)의 대상도 아니다. 그것은 다만 향기도 촉감도 없는 절대 권태의 도달할 수 없는 영원한 피안이다. 별조차가 이렇게 싱겁다.

저녁을 마치고 밖으로 나와 보면 집집에서는 모깃불의 연기가 한창이다.

그들은 마당에서 멍석을 펴고 잔다. 별을 쳐다보면서 잔다. 그러나 그들은 별을 보지 않는다. 그 증거로는 그들은 멍석에 눕자마자 눈을 감는다. 그리고는 눈을 감자마자 쿨쿨 잠이 든다. 별은 그들과 관계없다.

나는 소화를 촉진시키느라고 길을 왔다 갔다 한다. 되돌아설 적마다 멍석 위에 누운 사람의 수가 늘어 간다.

이것이 시체와 무엇이 다를까? 먹고 잘 줄 아는 시체. 나는 이런 실례로운 생각을 정지해야만 되겠다. 그리고 나도 가서 자야겠다.

방에 돌아와 나는 나를 살펴본다. 모든 것에서 절연된 지금의 내 생활…

자살의 단서조차를 찾을 길이 없는 지금의 내 생활은 과연 권태의 극, 그것이다.

그렇건만 내일이라는 것이 있다. 다시는 날이 새지 않는 것 같기도 한 밤 저쪽에 또 내일이라는 놈이 한 개 버티고 서 있다. 마치 흉맹한 형리처럼… 나는 그 형리를 피할 수 없다. 오늘이 되어 버린 내일 속에서 또 나는 질식할 만큼 심심해해야 되고 기막힐 만큼 답답해해야 된다.

그럼 오늘 하루를 나는 어떻게 지냈던가. 이런 것은 생각할 필요가 없으리라. 그냥 자자! 자다가 불행히, 아니 다행히 또 깨거든 최 서방의 조카와 장기나 또 한판 두지. 웅덩이에 가서 송사리를 볼 수도 있고. 몇 가지 안 남은 기억을 소처럼 반추하면서 끝없이 나태를 즐기는 방법도 있지 않으냐.

불나비가 달려들어 불을 끈다. 불나비는 죽었든지 화상을 입었으리라. 그러나 불나비라는 놈은 사는 방법을 아는 놈이다. 불을 보면 뛰어들 줄도 알고, 평상에 불을 초조히 찾아다닐 줄도 아는 정열의 생물이니 말이다.

그러나 여기 어디 불을 찾으려는 정열이 있으며 뛰어

들 불이 있느냐. 없다. 나에게는 아무것도 없는, 내 눈에
는 아무것도 보이지 않는다.

　암흑은 암흑인 이상 이 좁은 방 것이나 우주에 꽉
찬 것이나 분량상 차이가 없으리라. 나는 이 대소 없는
암흑 가운데 누워서 숨쉴 것도 어루만질 것도 또 욕심나
는 것도 아무것도 없다. 다만 어디까지 가야 끝이 날지
모르는 내일, 그것이 또 창밖에 등대(等待)하고 있는 것
을 느끼면서 오들오들 떨고 있을 뿐이다.

3장

날개

. . . .

'박제(剝製)가 되어 버린 천재'를 아시오? 나는 유쾌하오. 이런 때 연애까지가 유쾌하오.

육신이 흐느적흐느적하도록 피로했을 때만 정신이 은화처럼 맑소. 니코틴이 내 횟배 앓는 뱃속으로 스미면 머릿속에 으레 백지가 준비되는 법이오. 그 위에다 나는 위트와 파라독스를 바둑 포석처럼 늘어 놓소. 가공할 상식의 병이오.

나는 또 여인과 생활을 설계하오. 연애기법에마저 서먹서먹해진 지성의 극치를 흘깃 좀 들여다 본 일이 있는, 말하자면 일종의 정신분일자(정신이 제멋대로 노는 사람)말이오. 이런 여인의 반 - 그것은 온갖 것의 반이오.- 만을 영

수(받아들이는)하는 생활을 설계한다는 말이오. 그런 생활 속에 한 발만 들여놓고 흡사 두 개의 태양처럼 마주 쳐다보면서 낄낄거리는 것이오. 나는 아마 어지간히 인생의 제행(諸行)(일체의 행위)이 싱거워서 견딜 수가 없게 끔 되고 그만둔 모양이오. 굿바이.

굿바이. 그대는 이따금 그대가 제일 싫어하는 음식을 탐식하는 아이로니를 실천해 보는 것도 놓을 것 같소. 위트와 파라독스와…

그대 자신을 위조하는 것도 할 만한 일이오. 그대의 작품은 한번도 본 일이 없는 기성품에 의하여 차라리 경편(輕便)하고(가뜬하여 쓰기에 손쉽고 편하고) 고매하리다.

19세기는 될 수 있거든 봉쇄하여 버리오. 도스토예프스키 정신이란 자칫하면 낭비일 것 같소. 위고를 불란서의 빵 한 조각이라고는 누가 그랬는지 지언(至言)(지당한 말)인 듯싶소. 그러나 인생 혹은 그 모형에 있어서 '디테일' 때문에 속는다거나 해서야 되겠소?

화를 보지 마오. 부디 그대께 고하는 것이니…

50

"테이프가 끊어지면 피가 나오. 상채기도 머지 않아 완치될 줄 믿소. 굿바이."

감정은 어떤 '포우즈'. (그 '포우즈'의 원소만을 지적하는 것이 아닌지 나도 모르겠소.) 그 포우즈가 부동자세에 까지 고도화할 때 감정은 딱 공급을 정지합네다.

나는 내 비범한 발육을 회고하여 세상을 보는 안목을 규정하였소.

여왕봉과 미망인. 세상의 하고 많은 여인이 본질적으로 이미 미망인이 아닌 이가 있으리까?

아니, 여인의 전부가 그 일상에 있어서 개개 '미망인'이라는 내 논리가 뜻밖에도 여성에 대한 모험이 되오? 굿바이.

그 33번지라는 것이 구조가 흡사 유곽이라는 느낌이 없지 않다.

한 번지에 18 가구가 죽 어깨를 맞대고 늘어서서 창호가 똑같고 아궁이 모양이 똑같다. 게다가 각 가구에 사는 사람들이 송이송이 꽃과 같이 젊다.

해가 들지 않는다. 해가 드는 것을 그들이 모른 체하

51

는 까닭이다. 턱살밑에다 철줄을 매고 얼룩진 이부자리를 널어 말린다는 핑계로 미닫이에 해가 드는 것을 막아 버린다. 침침한 방안에서 낮잠들을 잔다. 그들은 밤에는 잠을 자지 않나? 알 수 없다. 나는 밤이나 낮이나 잠만 자느라고 그런 것을 알 길이 없다. 33번지 18 가구의 낮은 참 조용하다.

조용한 것은 낮뿐이다. 어둑어둑하면 그들은 이부자리를 걷어들인다. 전등불이 켜진 뒤의 18 가구는 낮보다 훨씬 화려하다. 저물도록 미닫이 여닫는 소리가 잦다. 바빠진다. 여러가지 냄새가 나기 시작한다. 비웃 굽는 내, 탕고도오랑내, 뜨물내, 비눗내.

그러나 이런 것들보다도 그들의 문패가 제일로 고개를 끄덕이게 하는 것이다.

이 18 가구를 대표하는 대문이라는 것이 일각이 져서 외따로 떨어지기는 했으나, 있다. 그러나 그것은 한 번도 닫힌 일이 없는, 한길이나 마찬가지 대문인 것이다. 온갖 장사치들은 하루 가운데 어느 시간에라도 이 대문을 통하여 드나들 수 있는 것이다. 이네들은 문간에서 두부를 사는 것이 아니라, 미닫이를 열고 방에서 두부를 사는 것이다. 이렇게 생긴 33번지 대문에 그들 18 가구의 문패를 몰아다 붙이는 것은 의미가 없다. 그들은 어느 사이엔가 각 미닫이 위 백인당이니 길상당이니 써 붙인 한 곁에다 문패를 붙이는 풍속을 가져 버렸다.

내 방 미닫이 위 한곁에 칼표 딱지를 넷에다 낸 것만 한 내 아니! 내 아내의 명함이 붙어 있는 것도 이 풍속을 좇은 것이 아닐 수 없다.

나는 그러나 그들의 아무와도 놀지 않는다. 놀지 않을 뿐만 아니라 인사도 않는다. 나는 내 아내와 인사하는 외에 누구와도 인사하고 싶지 않았다. 내 아내 외의 다른 사람과 인사를 하거나 놀거나 하는 것은 내 아내 낯을 보아 좋지 않은 일인 것만 같이 생각이 되었기 때문이다. 나는 이만큼 까지 내 아내를 소중히 생각한 것이다. 내가 이렇게까지 내 아내를 소중히 생각한 까닭은 이 33번지 18 가구 속에서 내 아내가 내 아내의 명함처럼 제일 작고 제일 아름다운 것을 안 까닭이다. 18 가구에 각기 빌어 들은 송이송이 꽃들 가운데서도 내 아내가 특히 아름다운 한 떨기의 꽃으로 이 함석지붕 밑 볕 안드는 지역에서 어디까지든지 찬란하였다. 따라서 그런 한 떨기 꽃을 지키고 아니 그 꽃에 매어달려 사는 나라는 존재가 도무지 형언할 수 없는 거북살스러운 존재가 아닐 수 없었던 것은 물론이다.

나는 어디까지든지 내 방이 - 집이 아니다. 집은 없다. - 마음에 들었다. 방안의 기온은 내 체온을 위하여 쾌적하였고, 방안의 침침한 정도가 또한 내 안력을 위하여 쾌적하였다. 나는 내 방 이상의 서늘한 방도 또 따뜻한 방도 희망하지 않았다. 이 이상으로 밝거나 이 이상으로 아늑한 방은 원하지 않았다. 내 방은 나 하나를 위하여 요만한 정도를 꾸준히 지키는 것 같아 늘 내 방에 감사하였고, 나는 또 이런 방을 위하여 이 세상에 태어난 것만 같아서 즐거웠다.

그러나 이것은 행복이라든가 불행이라든가 하는 것을 계산하는 것은 아니었다. 말하자면 나는 내가 행복되다고도 생각할 필요가 없었고, 그렇다고 불행하다고도

54

생각할 필요가 없었다. 그냥 그날을 그저 까닭없이 편둥 편둥 게으르고만 있으면 만사는 그만이었던 것이다.

내 몸과 마음에 옷처럼 잘 맞는 방 속에서 뒹굴면 서, 축 쳐져 있는 것은 행복이니 불행이니 하는 그런 세 속적인 계산을 떠난, 가장 편리하고 안일한 말하자면 절 대적인 상태인 것이다. 나는 이런 상태가 좋았다.

이 절대적인 내 방은 대문간에서 세어서 똑 일곱째 칸이다. 럭키 세븐의 뜻이 없지 않다. 나는 이 일곱이라 는 숫자를 훈장처럼 사랑하였다. 이런 이 방이 가운데 장지로 말미암아 두 칸으로 나뉘어 있었다는 그것이 내 운명의 상징이었던 것을 누가 알랴? 아랫방은 그래도 해 가 든다. 아침결에 책보 만한 해가 들었다가 오후에 손수 건만 해지면서 나가 버린다. 해가 영영 들지 않는 윗방이 즉 내 방인 것은 말할 것도 없다. 이렇게 볕드는 방이 아 내 방이요, 볕 안드는 방이 내 방이요 하고 아내와 나 둘 중에 누가 정했는지 나는 기억하지 못한다.

그러나 나에게는 불평이 없다.

아내가 외출만 하면 나는 얼른 아랫방으로 와서 그 동쪽으로 난 들창을 열어 놓고 열어놓으면 들이비치는 햇살이 아내의 화장대를 비쳐 가지각색 병들이 아롱이 지면서 찬란하게 빛나고, 이렇게 빛나는 것을 보는 것은 다시없는 내 오락이다. 나는 조그만 돋보기를 꺼내가지고 아내만이 사용하는 지리가미를 꺼내 가지고 그을려 가면서 불장난을 하고 논다. 평행광선을 굴절시켜서 한 촛점에 모아가지고 그 촛점이 따근따근해지다가, 마지막에는 종이를 그을리기 시작하고, 가느다란 연기를 내면서 드디어 구멍을 뚫어 놓는 데까지 이르는, 고 얼마 안되는 동안의 초조한 맛이 죽고 싶을 만 큼 내게는 재미있었다.

이 장난이 싫증이 나면 나는 또 아내의 손잡이 거울을 가지고 여러가지로 논다. 거울이란 제 얼굴을 비칠 때만 실용품이다. 그 외의 경우에는 도무지 장난감인 것이다. 이 장난도 곧 싫증이 난다.

나의 유희심은 육체적인 데서 정신적인 데로 비약한다. 나는 거울을 내던지고 아내의 화장대 앞으로 가까이 가서 나란히 늘어 놓인 그 가지각색의 화장품 병들을 들여다본다. 고것들은 세상의 무엇보다도 매력적이다. 나는 그 중의 하나만을 골라서 가만히 마개를 빼고 병구멍을 내 코에 가져다 대 고 숨 죽이듯이 가벼운 호흡을 하여 본다. 이국적인 센슈얼한 향기가 폐로 스며들면 나는 저절로 스르르 감기는 내 눈을 느낀다. 확실히 아내의 체취의 파편이다.

나는 도로 병마개를 막고 생각해 본다. 아내의 어느 부분에서 요 냄새가 났던가를… 그러나 그것은 분명하지 않다. 왜? 아내의 체취는 여기 늘어섰는 가지각색 향기의 합계일 것이니까.

아내의 방은 늘 화려하였다. 내 방이 벽에 못 한 개 꽂히지 않은 소박한 것인 반대로, 아내 방에는 천장 밑으로 쫙 돌려 못이 박히고, 못마다 화려한 아내의 치마와 저고리가 걸렸다. 여러가지 무늬가 보기 좋다. 나는 그 여러 조각의 치마에서 늘 아내의 동체와, 그 동체가 될 수 있는 여러가지 포우즈를 연상하고 연상하면서 내 마음은 늘 점잖지 못하다.

그렇건만 나에게는 옷이 없었다. 아내는 내게 옷을 주지 않았다. 입고 있는 골덴양복 한 벌이 내 자리옷이었고 통상복과 나들이옷을 겸한 것이었다. 그리고 하이넥의 스웨터가 한 조각 사철을 통한 내 내의다. 그것들은 하나같이 다 빛이 검다. 그것은 내 짐작 같아서는 즉 빨래를 될 수 있는 데까지 하지 않아도 보기 싫지 않게 하기 위한 것이 아닌가 한다. 나는 허리와 두 가랑이 세 군데 다 고무밴드가 끼어 있는 부드러운 사루마다를 입고 그리고 아무 소리없이 잘 놀았다.

어느덧 손수건만해졌던 볕이 나갔는데 아내는 외출에서 돌아오지 않는다. 나는 요만일에도 좀 피곤하였고 또 아내가 돌아오기 전에 내 방으로 가 있어야 될 것을 생각하고 그만 내 방으로 건너간다. 내 방은 침침하다. 나는 이불을 뒤집어쓰고 낮잠을 잔다. 한번도 걷은 일이 없는 내 이부자리는 내 몸뚱이의 일부분처럼 내게는 참 반갑다. 잠은 잘 오는 적도 있다. 그러나 또 전신이 까칫까칫하면서 영 잠이 오지 않는 적도 있다. 그런 때는 아무 제목으로나 제목을 하나 골라서 연구하였다. 나는 내 좀 축축한 이불속에서 참 여러가지 발명도 하였고 논문도 많이 썼다. 시도 많이 지었다. 그러나 그것들은 내가 잠이 드는 것과 동시에 내 방에 담겨서 철철 넘치는 그 흐늑흐늑한 공기에다 비누처럼 풀어져서 온데간데 없고, 한잠 자고 깨인 나는 속이 무명헝겊이나 메밀껍질로 띵띵 찬 한 덩어리 베개와도 같은 한 벌 신경이었을 뿐이고 뿐이고 하였다.

그러기에 나는 빈대가 무엇보다도 싫었다. 그러나 내 방에서는 겨울에도 몇 마리의 빈대가 끊이지 않고 나왔다. 내게 근심이 있었다면 오직 이 빈대를 미워하는 근심일 것이다. 나는 빈대에게 물려서 가려운 자리를 피가 나도록 긁었다. 쓰라리다. 그것은 그윽한 쾌감에 틀림없었다. 나는 혼곤히 잠이 든다.

나는 그러나 그런 이불 속의 사색 생활에서도 적극적인 것을 궁리하는 법이 없다. 내게는 그럴 필요가 대체 없었다. 만일 내가 그런 좀 적극적인 것을 궁리해내었을 경우에 나는 반드시 내 아내와 의논하여야 할 것이고, 그러면 반드시 나는 아내에게 꾸지람을 들을 것이고 나는 꾸지람이 무서웠다느니 보다는 성가셨다. 내가 제법 한 사람의 사회인의 자격으로 일을 해 보는 것도 아내에게 사설 듣는 것도 나는 가장 게으른 동물처럼 게으른 것이 좋았다. 될 수만 있으면 이 무의미한 인간의 탈을 벗어 버리고도 싶었다.

나에게는 인간 사회가 스스러웠다. 생활이 스스러웠다. 모두가 서먹서먹할 뿐이었다.

아내는 하루에 두 번 세수를 한다.
나는 하루 한 번도 세수를 하지 않는다.
나는 밤중 세 시나 네 시쯤 해서 변소에 갔다.

달이 밝은 밤에는 한참씩 마당에 우두커니 섰다가 들어오곤 한다. 그러니까 나는 이 18 가구의 아무와도 얼굴이 마주치는 일이 거의 없다. 그러면서도 나는 이 18 가구의 젊은 여인네 얼굴들을 거반 다 기억하고 있었다. 그들은 하나 같이 내 아내만 못하였다.

열한 시쯤 해서 하는 아내의 첫번 세수는 좀 간단하다. 그러나 저녁 일곱 시쯤해서 하는 두번째 세수는 손이 많이 간다. 아내는 낮에 보다도 밤에 더 좋고 깨끗한 옷을 입는다. 그리고 낮에도 외출하고 밤에도 외출하였다.

아내에게 직업이 있었던가? 나는 아내의 직업이 무엇인지 알 수 없다. 만일 아내에게 직업이 없었다면 같이 직업이 없는 나처럼 외출할 필요가 생기지 않을 것인데 아내는 외출한다. 외출할 뿐만 아니라 내객이 많다. 아내에게 내객이 많은 날은 나는 온종일 내 방에서 이불을 쓰고 누워 있어야만 된다.

불장난도 못한다. 화장품 냄새도 못 맡는다. 그런 날은 나는 의식적으로 우울해 하였다. 그러면 아내는 나에게 돈을 준다. 오십전짜리 은화다. 나는 그것이 좋았다.

그러나 그것을 무엇에 써야 옳을지 몰라서 늘 머리맡에 던져 두고 두고 한 것이 어느 결에 모여서 꽤 많아졌다. 어느날 이것을 본 아내는 금고처럼 생긴 벙어리를 사다 준다.

나는 한푼씩 한푼씩 그 속에 넣고 열쇠는 아내가 가져갔다. 그후에도 나는 더러 은화를 그 벙어리에 넣은 것을 기억한다. 그리고 나는 게을렀다. 얼마 후 아내의 머리 쪽에 보지 못하던 누깔잠이 하나 여드름처럼 돋았던 것은 바로 그 금고형 벙어리의 무게가 가벼워졌다는 증거일까. 그러나 나는 드디어 머리맡에 놓았던 그 벙어리에 손을 대지 않고 말았다. 내 게으름은 그런 것에 내 주의를 환기시키기도 싫었다.

아내에게 내객이 있는 날은 이불 속으로 암만 깊이 들어가도 비오는 날만큼 잠이 잘 오지 않았다. 나는 그런 때 나에게 왜 늘 돈이 있나 왜 돈이 많은가를 연구했다. 내객들은 장지 저쪽에 내가 있는 것을 모르나보다. 내 아내와 나도 좀 하기 어려운 농을 아주 서슴지 않고 쉽게 해 던지는 것이다. 그러나 내 아내를 찾은 서너 사람의 내객들은 늘 비교적 점잖았다고 볼 수 있는 것이, 자정이 좀 지나면 으레 돌아들 갔다.

그들 가운데에는 퍽 교양이 얕은 자도 있는 듯싶었는데, 그런 자는 보통 음식을 사다 먹고 논다.

그래서 보충을 하고 대체로 무사하였다. 나는 우선 아내의 직업이 무엇인가를 연구하기에 착수하였으나 좁은 시야와 부족한 지식으로는 이것을 알아내기 힘이 든다. 나는 끝끝내 내 아내의 직업이 무엇인가를 모르고 말려나보다.

아내는 늘 진솔 버선만 신었다. 아내는 밥도 지었다. 아내가 밥을 짓는 것을 나는 한번도 구경한 일은 없으나 언제든지 끼니때면 내 방으로 내 조석밥을 날라다 주는 것이다. 우리집에는 나와 내 아내 외의 다른 사람은 아무도 없다. 이 밥은 분명 아내가 손수 지었음에 틀림없다.

그러나 아내는 한 번도 나를 자기 방으로 부른 일은 없다. 나는 늘 웃방에서나 혼자서 밥을 먹고 잠을 잤다.

밥은 너무 맛이 없었다. 반찬이 너무 엉성하였다. 나는 닭이나 강아지처럼 말없이 주는 모이를 넓적넓적 받아먹기는 했으나 내심 야속하게 생각한 적도 더러 없지 않다.

나는 안색이 여지없이 창백해가면서 말라 들어갔다. 나날이 눈에 보이듯이 기운이 줄어들었다.

영양 부족으로 하여 몸뚱이 곳곳의 뼈가 불쑥불쑥 내어 밀었다. 하룻밤 사이에도 수십 차를 돌쳐 눕지 않고는 여기저기가 배겨서 나는 배겨낼 수가 없었다.

그렇기 때문에 나는 내 이불 속에서 아내가 늘 흔히 쓸 수 있는 저 돈의 출처를 탐색해 내는 일 변장지 틈으로 새어나오는 아랫방의 음성은 무엇일까를 간단히 연구하였다.

나는 잠이 잘 안 왔다.

깨달았다. 아내가 쓰는 그 돈은 내게는 다만 실없는 사람들로밖에 보이지 않는 까닭 모를 내객들이 놓고 가는 것이 틀림없으리라는 것을 깨달았다.

그러나 왜 그들 내객은 돈을 놓고 가나? 왜 내 아내는 그 돈을 받아야 되나? 하는 예의 관념이 내게는 도무지 알 수 없는 것이었다.

그것은 그저 예의에 지나지 않는 것일까? 그렇지 않으면 혹 무슨 댓가일까? 보수일까? 내 아내가 그들의 눈에는 동정을 받아야만 할 한 가엾은 인물로 보였던가? 이런 것들을 생각하노라면 으레 내 머리는 그냥 혼란하여 버리고 버리고 하였다. 잠들기 전에 획득했다는 결론이 오직 불쾌하다는 것뿐이었으면서도 나는 그런 것을 아내에게 물어 보거나 한 일이 참 한 번도 없다. 그것은 대체 귀찮기도 하려니와 한잠 자고 일어나는 나는 사뭇 딴 사람처럼 이것 도 저것도 다 깨끗이 잊어버리고 그만 두는 까닭이다.

내객들이 돌아가고, 혹 외출에서 돌아오고 하면 아내는 간편한 것으로 옷을 바꾸어 입고 내 방으로 나를 찾아온다. 그리고 이불을 들치고 내 귀에는 영 생동생동한 몇 마디 말로 나를 위로하려든다. 나는 조소도 고소도 홍소도 아닌 웃음을 얼굴에 띠고 아내의 아름다운 얼굴을 쳐다본다. 아내 는 방그레 웃는다. 그러나 그 얼굴에 떠도는 일말의 애수를 나는 놓치지 않는다.

아내는 능히 내가 배고파하는 것을 눈치챌 것이다.

그러나 아랫방에서 먹고 남은 음식을 나에게 주려 들지는 않는다. 그것은 어디까지든지 나를 존경하는 마음일 것임에 틀림없다. 나는 배가 고프면서도 적이 마음이 든든한 것을 좋아했다. 아내가 무엇이라고 지껄이고 갔는지 귀에 남아 있을리가 없다. 다만 내 머리맡에 아내가 놓고 간 은화가 전등불에 흐릿하게 빛나고 있을 뿐이다.

고 금고형 벙어리 속에 은화가 얼마만큼이나 모였을까? 나는 그러나 그것을 쳐들어 보지 않았다. 그저 아무런 의욕도 기원도 없이 그 단추구멍처럼 생긴 틈바구니로 은화를 떨어뜨려 둘 뿐이었다.

왜 아내의 내객들이 아내에게 돈을 놓고 가나 하는 것이 풀 수 없는 의문인 것같이, 왜 아내는 나에게 돈을 놓고 가나 하는 것도 역시 나에게는 똑같이 풀 수 없는 의문이었다.

내 비록 아내가 내게 돈을 놓고 가는 것이 싫지 않았다 하더라도 그것은 다만 고것이 내 손가락 닿는 순간에서부터 고 벙어리 주둥이에서 자취를 감추기까지의 하

잘것 없는 짧은 촉각이 좋았달뿐이지 그 이상 아무 기쁨
도 없다.

어느날 나는 고 벙어리를 변소에 갖다 넣어 버렸다.
그 때 벙어리 속에는 몇 푼이나 되는지 모르겠으나 고
은화들이 꽤 들어 있었다.

나는 내가 지구 위에 살며 내가 이렇게 살고 있는
지구가 질풍신뢰의 속력으로 광대무변의 공간을 달리고
있다는 것을 생각했을 때 참 허망하였다. 나는 이렇게 부
지런한 지구 위에서는 현기증도 날 것 같고 해서 한시바
삐 내려 버리고 싶었다.

이불 속에서 이런 생각을 하고 난 뒤에는 나는 고
은화를 고 벙어리에 넣고 넣고 하는 것조차 귀찮아졌다.
나는 아내가 손수 벙어리를 사용하였으면 하고 생각하였
다.

벙어리도 돈도 사실은 아내에게만 필요한 것이지 내
게는 애초부터 의미가 전연 없는 것이었으니까 될 수만

있으면 그 벙어리를 아내는 아내 방으로 가져갔으면 하고 기다렸다.

그러나 아내는 가져가지 않는다. 나는 내가 아내 방으로 가져다 둘까 하고 생각하여 보았으나 그 즈음에는 아내의 내객이 워낙 많아서 내가 아내 방에 가 볼 기회가 도무지 없었다. 그래서 나는 하는 수 없이 변소에 갖다 집어 넣어 버리고 만 것이다.

나는 서글픈 마음으로 아내의 꾸지람을 기다렸다. 그러나 아내는 끝내 아무 말도 하지 않았다.

않았을 뿐 아니라 여전히 돈은 돈대로 머리맡에 놓고 가지 않나! 내 머리맡에는 어느덧 은화가 꽤 많이 모였다.

내객이 아내에게 돈을 놓고 가는 것이나 아내가 내게 돈을 놓고 가는 것이나 일종의 쾌감. 그 외의 다른 아무런 이유도 없는 것이 아닐까 하는 것을 나는 또 이불 속에서 연구하기 시작하였다.

쾌감이라면 어떤 종류의 쾌감일까를 계속하여 연구하였다. 그러나 그것은 이불 속의 연구로는 알 길이 없었다. 쾌감, 쾌감, 하고 나는 뜻밖에도 이 문제에 대해서만 흥미를 느꼈다.

아내는 물론 나를 늘 감금하여 두다시피 하여 왔다. 내게 불평이 있을 리 없다. 그런 중에도 나는 그 쾌감이라는 것의 유무를 체험하고 싶었다.

나는 아내의 밤 외출 틈을 타서 밖으로 나왔다. 나는 거리에서 잊어버리지 않고 가지고 나온 은화를 지폐로 바꾼다. 오 원이나 된다. 그것을 주머니에 넣고 나는 목적지를 잃어버리기 위하여 얼마든지 거리를 쏘다녔다. 오래간만에 보는 거리는 거의 경이에 가까울 만큼 내 신경을 흥분시키지 않고는 마지 않았다. 나는 금시에 피곤하여 버렸다.

그러나 나는 참았다. 그리고 밤이 이슥하도록 까닭을 잃어버린 채 이 거리 저 거리로 지향없이 헤매었다. 돈은 물론 한 푼도 쓰지 않았다. 돈을 쓸 아무 엄두도 나서지 않았다. 나는 벌써 돈을 쓰는 기능을 완전히 상실한 것 같았다.

나는 과연 피로를 이 이상 견디기가 어려웠다. 나는 가까스로 내 집을 찾았다. 나는 내 방을 가려면 아내 방을 통과하지 않으면 안 될 것을 알고, 아내에게 내객이 있나 없나를 걱정하면서 미닫이 앞에서 좀 거북살스럽게 기침을 한 번 했더니, 이것은 참 또 너무도 암상스럽게 미닫이가 열리면서 아내의 얼굴과 그 등 뒤에 낯설은 남자의 얼굴이 이쪽을 내다보는 것이다. 나는 별안간 내어 쏟아지는 불빛에 눈이 부셔서 좀 머뭇머뭇했다.

나는 아내의 눈초리를 못 본 것은 아니다. 그러나 나는 모른 체하는 수 밖에 없었다.

왜? 나는 어쨌든 아내의 방을 통과하지 아니하면 안 되니까…

나는 이불을 뒤집어썼다. 무엇보다도 다리가 아파서 견딜 수가 없었다.

이불 속에서는 가슴이 울렁거리면서 암만해도 까무러칠 것만 같았다. 걸을 때는 몰랐더니 숨이 차다. 등에 식은땀이 쭉 내배인다. 나는 외출한 것을 후회하였다. 이런 피로를 잊고 어서 잠이 들었으면 좋았다. 한잠 잘 자고 싶었다.

얼마동안이나 비스듬히 엎드려 있었더니 차츰차츰 뚝딱 거리는 가슴 동계가 가라앉는다. 그만해도 우선 살 것 같았다. 나는 몸을 들쳐 반듯이 천장을 향하여 눕고 쭈욱 다리를 뻗었다.

그러나 나는 또 다시 가슴의 동계를 피할 수 없게 되었다. 아랫방에서 아내와 그 남자의 내 귀에도 들리지 않을 만큼 낮은 목소리로 소곤거리는 기척이 장지 틈으로 전하여 왔던 것이다. 청각을 더 예민하게 하기 위하여 나는 눈을 떴다. 그리고 숨을 죽였다.

그러나 그 때는 벌써 아내와 남자는 앉았던 자리를 툭툭 털고 일어섰고 일어서면서 옷과 모자 쓰는 기척이 나는 듯하더니 이어 미닫이가 열리고 구두 뒤축 소리가 나고 그리고 뜰에 내려서는 소리가 쿵 하고 나면서 뒤를 따르는 아내의 고무신 소리가 두어 발짝 찍찍나고 사뿐 사뿐 나나 하는 사이에 두사람의 발소리가 대문 쪽으로 사라졌다.

나는 아내의 이런 태도를 본 일이 없다. 아내는 어떤 사람과도 결코 소곤거리는 법이 없다. 나는 웃방에서 이불을 쓰고 누웠는 동안에도 혹 술이 취해서 혀가 잘 돌아가지 않는 내객들의 담화는 더러 놓치는 수가 있어도 아내의 높지도 낮지도 않은 말소리는 일찌기 한마디도 놓쳐 본 일이 없다.

더러 내 귀에 거슬리는 소리가 있어도 나는 그것이 태연한 목소리로 내 귀에 들렸다는 이유로 충분히 안심이 되었다.

그렇던 아내의 이런 태도는 필시 그 속에 여간하지 않은 사정이 있는 듯 시피 생각이 되고 내 마 음은 좀 서운했으나 그보다도 나는 좀 너무 피로해서 오늘만은 이불 속에서 아무것도 연구하지 않기로 굳게 결심하고 잠을 기다렸다. 낮잠은 좀처럼 오지 않았다. 대문간에 나간 아내도 좀처럼 들어오지 않았다. 그러는 동안에 흐지부지 나는 잠이 들어 버렸다. 꿈이 얼쑹덜쑹 종을 잡을 수 없는 거리의 풍경을 여전히 헤매었다.

나는 몹시 흔들렸다. 내객을 보내고 들어온 아내가 잠든 나를 잡아 흔드는 것이다. 나는 눈을 번쩍 뜨고 아내의 얼굴을 쳐다보았다. 아내의 얼굴에는 웃음이 없다. 나는 좀 눈을 비비고 아내의 얼굴을 자세히 보았다. 노기가 눈초리에 떠서 얇은 입술이 바르르 떨린다. 좀처럼 이 노기가 풀리기는 어려울 것 같았다. 나는 그대로 눈을 감아 버렸다. 벼락이 내리기를 기다린 것이다. 그러나 쌔근하는 숨소리가 나면서 부스스 아내의 치맛자락 소리가 나고 장지가 여닫히며 아내는 아내 방으로 돌아갔다.

나는 다시 몸을 돌쳐 이불을 뒤집어쓰고는 개구리처럼 엎드리고 엎드려서 배가 고픈 가운데도 오늘 밤의 외출을 또 한 번 후회하였다.

나는 이불 속에서 아내에게 사죄하였다. 그것은 네 오해라고… 나는 사실 밤이 퍽으나 이슥한 줄만 알았던 것이다. 그것이 네 말마따나 자정 전인지는 정말이지 꿈에도 몰랐다. 나는 너무 피곤하였다. 오래간만에 나는 너무 많이 걸은 것이 잘못이다.

내 잘못이라면 잘못은 그것 밖에 없다. 외출은 왜 하였더냐고? 나는 그 머리맡에 저절로 모인 오 원 돈을 아무에게라도 좋으니 주어 보고 싶었던 것이다. 그 뿐이다. 그러나 그것도 내 잘못이라면 나는 그렇게 알겠다. 나는 후회하고 있지 않나? 내가 그 오 원 돈을 써 버릴 수가 있었던들 나는 자정 안에 집에 돌아올 수 없었을 것이다. 그러나 거리는 너무 복잡하였고 사람은 너무도 들끓었다. 나는 어느 사람을 붙들고 그 오 원 돈을 내어 주어야할지 갈피를 잡을 수가 없었다. 그러는 동안에 나는 여지없이 피곤해 버리고 말았던 것이다.

나는 무엇보다도 좀 쉬고 싶었다. 눕고 싶었다. 그래서 나는 하는 수 없이 집으로 돌아온 것이다. 내 짐작 같아서는 밤이 어지간히 늦은 줄만 알았는데, 그것이 불행히도 자정 전이었다는 것은 참 안된 일이다. 미안한 일이다. 나는 얼마든지 사죄하여도 좋다. 그러나 종시 아내의 오해를 풀지 못하였다 하면 내가 이렇게까지 사죄하는 보람은 그럼 어디 있나? 한심하였다.

한 시간 동안을 나는 이렇게 초조하게 굴지 않으면 안 되었다. 나는 이불을 확 젖혀 버리고 일어나서 장지를 열고 아내 방으로 비칠비칠 달려갔던 것이다. 내게는 거의 의식이라는 것이 없었다.

나 아내 이불 위에 엎드러지면서 바지 포켓 속에서 그 돈 오 원을 꺼내 아내 손에 쥐어 준 것을 간신히 기억할 뿐이다.

이튿날 잠이 깨었을 때 나는 내 아내 방 아내 이불 속에 있었다. 이것이 이 33번지에서 살기 시작한 이래 내가 아내 방에서 잔 맨 처음이었다.

해가 들창에 훨씬 높았는데 아내는 이미 외출하고 벌써 내 곁에 있지는 않다. 아니! 아내는 엊저녁 내가 의식을 잃은 동안에 외출한 것인지도 모른다. 그러나 나는 그런 것을 조사하고 싶지 않았다. 다만 전신이 찌뿌드드한 것이 손가락 하나 꼼짝할 힘조차 없었다. 책보보다 좀 작은 면적의 볕이 눈이 부시다. 그 속에서 수없이 먼지가 흡사 미생물처럼 난무한다. 코가 콱 막히는 것 같다. 나는 다시 눈을 감고 이불을 푹 뒤집어쓰고 낮잠을 자기에 착수하였다. 그러나 코를 스치는 아내의 체취는 꽤 도발적이었다. 나는 몸을 여러번 여러번 비비꼬면서 아내의 화장대에 늘어선 고 가지각색 화장품 병들의 마개를 뽑았을 때 풍기는 냄새를 더듬느라고 좀처럼 잠은 들지 않는 것을 나는 어찌하는 수도 없었다.

견디다 못하여 나는 그만 이불을 걷어차고 벌떡 일어나서 내 방으로 갔다. 내 방에는 다 식어빠진 내 끼니가 가지런히 놓여 있는 것이다. 내 방에는 다 식어 빠진 내 끼니가 가지런히 놓여 있는 것이다. 아내는 내 모이를 여기다 두고 나간 것이다. 나는 우선 배가 고팠다. 한 숟갈을 입에 떠 넣었을 때 그 촉감은 참 너무도 냉회와 같이 써늘하였다. 나는 숟갈을 놓고 내 이불 속으로 들어갔다. 하룻밤을 비었던 내 이부자리는 여전히 반갑게 나

를 맞아 준다. 나는 내 이불을 뒤집어쓰고 이번에는 참 늘어지게 한잠 잤다. 잘-

내가 잠을 깬 것은 전등이 켜진 뒤다. 그러나 아내는 아직도 돌아오지 않았나보다.

아니! 돌아왔다 또 나갔는지 알 수 없다. 그러나 그런 것을 상고하여 무엇하나? 정신이 한결 난다. 나는 밤 일을 생각해 보았다. 그 돈 오 원을 아내 손에 쥐어 주고 넘어졌을 때에 느낄 수 있었던 쾌감을 나는 무엇이라고 설명할 수가 없었다. 그러나 내객들이 내 아내에게 돈 놓고 가는 심리며 내 아내가 내게 돈 놓고 가는 심리의 비밀을 나는 알아낸 것 같아서 여간 즐거운 것이 아니다.

나는 속으로 빙그레 웃어 보았다.

이런 것을 모르고 오늘까지 지내온 내 자신이 어떻게 우스꽝스럽게 보이는지 몰랐다.

따라서 나는 또 오늘 밤에도 외출하고 싶었다. 그러

나 돈이 없다. 나는 또 엊저녁에 그 돈 오 원을 한꺼번에 아내에게 주어 버린 것을 후회하였다. 또 고 벙어리를 변소에 갖다 처넣어 버린 것도 후회하였다. 나는 실없이 실망하면서 습관처럼 그 돈 오 원이 들어 있던 내 바지 포켓에 손을 넣어 한번 휘둘러 보았다. 뜻밖에도 내 손에 쥐어지는 것이 있었다. 이 원 밖에 없다. 그러나 많아야 맛 은 아니다. 얼마간이고 있으면 된다. 나는 그만한 것이 여간 고마운 것이 아니었다.

나는 기운을 얻었다. 나는 그 단벌 다 떨어진 골덴 양복을 걸치고 배고픈 것도 주제 사나운 것도 다 잊어버리고 활갯짓을 하면서 또 거리로 나섰다. 나서면서 나는 제발 시간이 화살 단듯해서 자정 이 어서 확 지나 버렸으면 하고 조바심을 태웠다. 아내에게 돈을 주고 아내 방에서 자 보는 것은 어디까지든지 좋았지만 만일 잘못해서 자정 전에 집에 들어갔다가 아내의 눈총을 맞는 것은 그것은 여간 무서운 일이 아니었다.

나는 저물도록 길가 시계를 들여다보고 들여다보고 하면서 또 지향없이 거리를 방황하였다. 그러나 이날은 좀처럼 피곤하지는 않았다. 다만 시간이 좀 너무 더디게 가는 것만 같아서 안타까웠다.

경성역(京城驛) 시계가 확실히 자정을 지난 것을 본 뒤에 나는 집을 향하였다. 그날은 그 일각 대문에서 아내와 아내의 남자가 이야기하고 섰는 것을 만났다. 나는 모른 체하고 두 사람 곁을 지나서 내 방으로 들어갔다. 뒤이어 아내도 들어왔다. 와서는 이 밤중에 평생 안 하던 쓰레질을 하는 것이었다. 조금 있다가 아내가 눕는 기척을 엿보자마자 나는 또 장지를 열고 아내 방으로 가서 그 돈 이 원을 아내 손에 덥석 쥐어 주고 그리고 하여간 그 이 원을 오늘 밤에도 쓰지 않고 도로 가져 온 것이 참 이상하다는 듯이 아내는 내 얼굴을 몇번이고 엿보고 아내는 드디어 아무 말도 없이 나를 자기 방에 재워 주었다. 나는 이 기쁨을 세상의 무엇과도 바꾸고 싶지는 않았다.

나는 편히 잘 잤다.

이튿날도 내가 잠이 깨었을 때는 아내는 보이지 않

79

았다. 나는 또 내 방으로 가서 피곤한 몸이 낮잠을 잤다. 내가 아내에게 흔들려 깨었을 때는 역시 불이 들어온 뒤였다. 아내는 자기 방으로 나를 오라는 것이다. 이런 일은 또 처음이다. 아내는 끊임없이 얼굴에 미소를 띠고 내 팔을 이끄는 것이다. 나는 이런 아내의 태도 이면에 엔간치 않은 음모가 숨어 있지나 않은가 하고 적이 불안을 느끼지 않을 수 없었다.

나는 아내의 하자는 대로 아내의 방으로 끌려 갔다. 아내 방에는 저녁 밥상이 조촐하게 차려져 있는 것이다. 생각하여 보면 나는 이틀을 굶었다. 나는 지금 배고픈 것까지도 긴가민가 잊어버리고 어름어름하던 차다.

나는 생각하였다. 이 최후의 만찬을 먹고 나자마자 벼락이 내려도 나는 차라리 후회하지 않을 것을. 사실 나는 인간 세상이 너무나 심심해서 못 견디겠던 차다. 모든 것이 성가시고 귀찮았으나 그러나 불의의 재난이라는 것은 즐겁다.

나는 마음을 턱 놓고 조용히 아내와 마주이 해괴한

저녁밥을 먹었다.

우리 부부는 이야기하는 법이 없었다. 밥을 먹은 뒤에도 나는 말이 없이 부스스 일어나서 내 방으로 건너가버렸다. 아내는 나를 붙잡지 않았다. 나는 벽에 기대어 앉아서 담배를 한 대 피워 물고 그리고 벼락이 떨어질 테거든 어서 떨어져라 하고 기다렸다.

오 분! 십 분!

그러나 벼락은 내리지 않았다. 긴장이 차츰 풀어지기 시작한다. 나는 어느덧 오늘 밤에도 외출할 것을 생각하고 있었다. 돈이 있었으면 하고 생각하고 있었다.

그러나 돈은 확실히 없다. 오늘은 외출하여도 나중에 올 무슨 기쁨이 있나? 내 앞이 그저 아뜩하였다. 나는 화가 나서 이불을 뒤집어쓰고 이리 뒹굴 저리 뒹굴 굴렀다. 금시 먹은 밥이 목으로 자꾸 치밀어 올라온다. 메스꺼웠다.

하늘에서 얼마라도 좋으니 왜 지폐가 소낙비처럼 퍼붓지 않나? 그것이 그저 한없이 야속하고 슬펐다.

나는 이렇게 밖에 돈을 구하는 아무런 방법도 알지는 못했다. 나는 이불 속에서 좀 울었나 보다.

왜 없느냐면서…

그랬더니 아내가 또 내 방에를 왔다. 나는 깜짝 놀라 아마 이제서야 벼락이 내리려 나보다 하고 숨을 죽이고 두꺼비 모양으로 엎드려 있었다. 그러나 떨어진 입을 새어나오는 아내의 말소리는 참 부드러웠다. 정다웠다. 아내는 내가 왜 우는지를 안다는 것이다. 돈이 없어서 그러는 게 아니란다.

나는 실없이 깜짝 놀랐다. 어떻게 사람의 속을 환하게 들여다보는고 해서 나는 한편으로 슬그머니 겁도 안 나는 것은 아니었으나 저렇게 말하는 것을 보면 아마 내게 돈을 줄 생각이 있나보다,

만일 그렇다면 오죽이나 좋은 일일까. 나는 이불 속

에 뚤뚤 말린 채 고개도 들지 않고 아내의 다음 거동을 기다리고 있으니까 '옜소'하고 내 머리맡에 내려뜨리는 것은 그 가뿐한 음향으로 보아 지폐에 틀림없었다. 그리고 내 귀에다 대고 오늘을랑 어제보다도 늦게 돌아와도 좋다고 속삭이는 것이다.

그것은 어렵지 않다. 우선 그 돈이 무엇보다도 고맙고 반가웠다.

어쨌든 나섰다. 나는 좀 야맹증이다. 그래서 될 수 있는 대로 밝은 거리로 돌아다니기로 했다.

그리고는 경성역 일 이등 대합실 한결 티이루움에를 들렀다. 그것은 내게는 큰 발견이었다. 거기는 우선 아무도 아는 사람이 안 온다. 설사 왔다가도 곧 돌아가니까 좋다. 나는 날마다 여기 와서 시간을 보내리라 속으로 생각하여 두었다. 제일 여기 시계가 어느 시계보다도 정확하리라는 것이 좋았다. 섣불리 서투른 시계를 보고 그것을 믿고 시간 전에 집에 돌아갔다가 큰 코를 다쳐서는 안 된다.

나는 한 복스에 아무것도 없는 것과 마주 앉아서 잘 끓은 커피를 마셨다. 총총한 가운데 여객들은 그래도 한 잔 커피가 즐거운가보다. 얼른얼른 마시고 무얼 좀 생각하는 것같이 담벼락도 좀 쳐다보고 하다가 곧 나가 버린다. 서글프다. 그러나 내게는 이 서글픈 분위기가 거리의 티이루움들의 그 거추장스러운 분위기보다는 절실하고 마음에 들었다. 이따금 들리는 날카로운 혹은 우렁찬 기적 소리가 모오짜르트보다도 더 가깝다.

　　나는 메뉴에 적힌 몇가지 안 되는 음식 이름을 치읽고 내리읽고 여러번 읽었다. 그 것들은 아물아물하는 것이 어딘가 내 어렸을 때 동무들 이름과 비슷한 데가 있었다.

　　거기서 얼마나 내가 오래 앉았는지 정신이 오락가락하는 중에 객이 슬며시 뜸해지면서 이 구석 저 구석 걷어치우기 시작하는 것을 보면 아마 닫는 시간이 된 모양이다. 열 한 시가 좀 지났구나, 여기도 결코 내 안주의 곳은 아니구나, 어디 가서 자정을 넘길까? 두루 걱정을 하면서 나는 밖으로 나섰다. 비가 온다.

빗발이 제법 굵은 것이 우비도 우산도 없는 나를 고생을 시킬 작정이다. 그렇다고 이런 괴이한 풍모를 차리고 이 홀에서 어물어물하는 수도 없고 에이 비를 맞으면 맞았지 하고 그냥 나서 버렸다.

대단히 선선해서 견딜 수가 없다. 골덴 옷이 젖기 시작하더니 나중에는 속속들이 스며들면서 추근거린다. 비를 맞아 가면서라도 견딜 수 있는 데까지 거리를 돌아다녀서 시간을 보내려 하였으나, 인제는 선선해서 이 이상은 더 견딜 수가 없다. 오한이 자꾸 일어나면서 이가 딱딱 맞부딪는다. 나는 걸음을 늦추면서 생각하였다. 오늘 같은 궂은 날도 아내에게 내객이 있을라구? 없겠지, 하는 생각이 드는 것이다.

집으로 가야겠다. 아내에게 불행히 내객이 있거든 내 사정을 하리라. 사정을 하면 이렇게 비가 오는 것을 눈으로 보고 알아 주겠지.

부리나케 와 보니까 그러나 아내에게는 내객이 있었다. 나는 너무 춥고 척척해서 얼떨김에 노크하는 것을 잊었다. 그래서 나는 보면 아내가 덜 좋아할 것을 그만 보았다.

나는 감발자국 같은 발자국을 내면서 덤벙덤벙 아내 방을 디디고 내 방으로 가서 쭉 빠진 옷을 활활 벗어버리고 이불을 뒤썼다. 덜덜덜덜 떨린다. 오한이 점점 더 심해 들어온다. 여전 땅이 꺼져들어가는 것만 같았다. 나는 그만 의식을 잃어버리고 말았다.

이튿날 내가 눈을 떴을 때 아내는 내 머리맡에 앉아서 제법 근심스러운 얼굴이다.

나는 감기가 들었다. 여전히 으스스 춥고 또 골치가 아프고 입에 군침이 도는 것이 씁쓸하면서 다리 팔이 척 늘어져서 노곤하다. 아내는 내 머리를 쓱 짚어 보더니 약을 먹어야지 한다. 아내 손이 이마에 선뜻한 것을 보면 신열이 어지간한 모양인데 약을 먹는다면 해열제를 먹어야지 하고 속 생각을 하자니까 아내는 따뜻한 물에 하얀 정제약 네 개를 준다. 이것을 먹고 한잠 푹 자고 나면 괜찮다는 것이다. 나는 널름 받아먹었다. 쌉싸름한 것이

짐작 같아서는 아마 아스피린인가 싶다.

　나는 다시 이불을 쓰고 단번에 그냥 죽은 것처럼 잠이 들어 버렸다.

　나는 콧물을 훌쩍훌쩍 하면서 여러 날을 앓았다. 앓는 동안에 끊이지 않고 그 정제약을 먹었다.

　그러는 동안에 감기도 나았다. 그러나 입맛은 여전히 소태처럼 썼다.

　나는 차츰 또 외출하고 싶은 생각이 났다. 그러나 아내는 나더러 외출하지 말라고 이르는 것이다. 이 약을 날마다 먹고 그리고 가만히 누워 있으라는 것이다. 공연히 외출을 하다가 이렇게 감기가 들어서 저를 고생시키는게 아니란다. 그도 그렇다. 그럼 외출을 하지 않겠다고 맹세하고 그 약을 연복하여 몸을 좀 보해 보리라고 나는 생각하였다.

　나는 날마다 이불을 뒤집어쓰고 밤이나 낮이나 잤

다. 유난스럽게 밤이나 낮이나 졸려서 견딜 수가 없는 것이다. 나는 이렇게 잠이 자꾸만 오는 것은 내가 몸이 훨씬 튼튼해진 증거라고 굳게 믿었다.

나는 아마 한 달이나 이렇게 지냈나보다. 내 머리와 수염이 좀 너무 자라서 후틋해서 견딜 수가 없어서 내 거울을 좀 보리라고 아내가 외출한 틈을 타서 나는 아내 방으로 가서 아내의 화장대 앞에 앉아 보았다. 상당하다. 수염과 머리가 참 상당하였다.

오늘은 이발을 좀 하리라고 생각하고 겸사겸사 고 화장품 병들 마개를 뽑고 이것저것 맡아 보았다. 한동안 잊어버렸던 향기 가운데서는 몸이 배배 꼬일 것 같은 체취가 전해 나왔다. 나는 아내의 이름을 속으로만 한 번 불러 보았다.

"연심이."

하고… 오래간만에 돋보기 장난도 하였다. 거울 장난도 하였다. 창에 든 볕이 여간 따뜻한 것이 아니었다. 생각하면 오월이 아니냐.

나는 커다랗게 기지개를 한 번 켜 보고 아내 베개를 내려 베고 벌떡 자빠져서는 이렇게도 편안하고 즐거운 세월을 하느님께 흠씬 자랑하여 주고 싶었다. 나는 참 세상의 아무것과도 교섭을 가지지 않는다. 하느님도 아마 나를 칭찬할 수도 처벌할 수도 없는 것 같다.

그러나 다음 순간 실로 세상에도 이상스러운 것이 눈에 띄었다. 그것은 최면약 아달린갑이었다.

나는 그것을 아내의 화장대 밑에서 발견하고 그것이 흡사 아스피린처럼 생겼다고 느꼈다. 나는 그 것을 열어 보았다. 꼭 네 개가 비었다.

나는 오늘 아침에 네 개의 아스피린을 먹은 것을 기억하고 있었다. 나는 잤다. 어제도 그제도 그끄제도… 나는 졸려서 견딜 수가 없었다. 나는 감기가 다 나았는데도… 아내는 내게 아스피린을 주었다. 내가 잠이 든 동안에 이웃에 불이 난 일이 있다. 그때에도 나는 자느라고 몰랐다.

이렇게 나는 잤다. 나는 아스피린으로 알고 그럼 한
달 동안을 두고 아달린을 먹어 온 것이다.
이것은 좀 너무 심하다.

별안간 아뜩하더니 하마터면 나는 까무러칠 뻔하였
다. 나는 그 아달린을 주머니에 넣고 집을 나섰다. 그리
고 산을 찾아 올라갔다.

인간 세상의 아무것도 보기가 싫었던 것이다. 걸으면
서 나는 아무쪼록 아내에 관계되는 일은 일체 생각하지
않도록 노력하였다. 길에서 까무러치기 쉬우니까다. 나는
어디라도 양지가 바른 자리를 하나 골라 자리를 잡아 가
지고 서서히 아내에 관하여서 연구할 작정이었다. 나는
길가의 돌 장판, 구경도 못한 진개나리꽃, 종달새, 돌멩
이도 새끼를 까는 이야기, 이런 것만 생각하였다. 다행히
길 가에서 나는 졸도하지 않았다.

거기는 벤치가 있었다. 나는 거기 정좌하고 그리고

그 아스피린과 아달린에 관하여 연구하였다.

　　그러나 머리가 도무지 혼란하여 생각이 체계를 이루지 않는다. 단 오 분이 못가서 나는 그만 귀찮은 생각이 번쩍 들면서 심술이 났다. 나는 주머니에서 가지고 온 아달린을 꺼내 남은 여섯 개를 한꺼번에 질겅질겅 씹어먹어 버렸다. 맛이 익살맞다. 그리고 나서 나는 그 벤치 위에 가로 기다랗게 누웠다. 무슨 생각으로 내가 그 따위 짓을 했나, 알 수가 없다. 그저 그러고 싶었다. 나는 게서 그냥 깊이 잠이 들었다. 잠결에도 바위 틈으로 흐르는 물소리가 졸졸 하고 언제까지나 귀에 어렴풋이 들려 왔다.

　　내가 잠을 깨었을 때는 날이 환히 밝은 뒤다. 나는 거기서 일주야를 잔 것이다. 풍경이 그냥 노오랗게 보인다. 그 속에서도 나는 번개처럼 아스피린과 아달린이 생각났다.

　　아스피린, 아달린, 아스피린, 아달린, 마르크, 말사스, 마도로스, 아스피린, 아달린… 아내는 한 달 동안 아달린을 아스피린이라고 속이고 내게 먹였다.

그것은 아내 방에서 이 아달린 갑이 발견된 것으로 미루어 증거가 너무나 확실하다.

무슨 목적으로 아내는 나를 밤이나 낮이나 재웠어야 됐나? 나를 밤이나 낮이나 재워 놓고, 그리고 아내는 내가 자는 동안에 무슨 짓을 했나? 나를 조금씩 조금씩 죽이려던 것일까? 그러나 또 생각하여 보면 내가 한 달을 두고 먹어 온 것이 아스피린이었는지도 모른다. 아내는 무슨 근심되는 일이 있어서 밤이면 잠이 잘 오지 않아서 정작 아내가 아달린을 사용한 것이나 아닌지? 그렇다면 나는 참 미안하다. 나는 아내에게 이렇게 큰 의혹을 가졌다는 것이 참 안됐다.

나는 그래서 부리나케 거기서 내려왔다. 아랫도리가 흿흿 내어 저이면서 어찔어찔한 것을 나는 겨우 집을 향하여 걸었다. 여덟 시 가까이였다.

나는 내 잘못된 생각을 죄다 일러바치고 아내에게 사죄하려는 것이다. 나는 너무 급해서 그만 또 말을 잊어버렸다. 그랬더니 이건 참 큰일났다. 나는 내 눈으로 절대

92

로 보아서 안될 것을 그만 딱 보아 버리고 만 것이다.

　나는 얼떨결에 그만 냉큼 미닫이를 닫고 그리고 현기증이 나는 것을 진정시키느라고 잠깐 고개를 숙이고 눈을 감고 기둥을 짚고 섰자니까, 일 초 여유도 없이 홱 미닫이가 다시 열리더니 매무새를 풀어헤친 아내가 불쑥 내밀면서 내 멱살을 잡는 것이다. 나는 그만 어지러워서 게가 나둥 그러졌다.

　그랬더니 아내는 넘어진 내 위에 덮치면서 내 살을 함부로 물어뜯는 것이다. 아파 죽겠다. 나는 사실 반항할 의사도 힘도 없어서 그냥 넙적 엎드려 있으면서 어떻게 되나 보고 있자니까, 뒤이어 남자가 나오는 것 같더니 아내를 한아름에 덥석 안아 가지고 방으로 들어가는 것이다. 아내는 아무 말 없이 다소곳이 그렇게 안겨 들어가는 것이 내 눈에 여간 미운 것이 아니다. 밉다.

　아내는 너 밤새워 가면서 도둑질하러 다니느냐, 계집질하러 다니느냐고 발악이다. 이것은 참 너무 억울하다. 나는 어안이 벙벙하여 도무지 입이 떨어지지를 않았다.

너는 그야말로 나를 살해하려 던 것이 아니냐고 소리를 한 번 꽥 질러 보고도 싶었으나, 그런 긴가민가한 소리를 섣불리 입밖에 내었다가는 무슨 화를 볼는지 알 수 없다. 차라리 억울하지만 잠자코 있는 것이 우선 상책인 듯싶이 생각이 들길래, 나는 이것은 또 무슨 생각으로 그랬는지 모르지만 툭툭 떨고 일어나서 내 바지 포켓 속에 남은 돈 몇원 몇십전을 가만히 꺼내서는 몰래 미닫이를 열고 살며시 문지방 밑에다 놓고 나서는, 나는 그냥 줄달음박질을 쳐서 나와 버렸다.

여러번 자동차에 치일 뻔하면서 나는 그래도 경성역으로 찾아갔다. 빈자리와 마주 앉아서 이 쓰디쓴 입맛을 거두기 위하여 무엇으로나 입가심을 하고 싶었다.

커피! 좋다. 그러나 경성역 홀에 한 걸음 들여 놓았을 때 나는 내 주머니에는 돈이 한푼도 없는 것을 그것을 깜박 잊었던 것을 깨달았다. 또 아뜩하였다. 나는 어디선가 그저 맥없이 머뭇머뭇하면 서 어쩔 줄을 모를 뿐이었다. 얼빠진 사람처럼 그저 이리갔다 저리갔다 하면서…

나는 어디로 어디로 들입다 쏘다녔는지 하나도 모른다. 다만 몇시간 후에 내가 미쓰꼬시 옥상에 있는 것을 깨달았을 때는 거의 대낮이었다.

나는 거기 아무 데나 주저앉아서 내 자라 온 스물여섯 해를 회고하여 보았다. 몽롱한 기억 속에서는 이렇다는 아무 제목도 불거져 나오지 않았다.

나는 또 내 자신에게 물어 보았다. 너는 인생에 무슨 욕심이 있느냐고, 그러나 있다고도 없다고도 그런 대답은 하기가 싫었다. 나는 거의 나 자신의 존재를 인식하기조차도 어려웠다.

허리를 굽혀서 나는 그저 금붕어를 들여다보고 있었다. 금붕어는 참 잘들도 생겼다. 작은놈은 작은놈대로 큰놈은 큰놈대로 다 싱싱하니 보기 좋았다. 내려 비치는 오월 햇살에 금붕어들은 그릇 바탕에 그림자를 내려뜨렸다. 지느러미는 하늘하늘 손수건을 흔드는 흉내를 낸다. 나는 이 지느러미 수효를 헤어 보기도 하면서 굽힌 허리를 좀처럼 펴지 않았다. 등이 따뜻하다.

나는 또 오탁의 거리를 내려다보았다. 거기서는 피곤한 생활이 똑 금붕어 지느러미처럼 흐늑흐늑 허우적거렸다. 눈에 보이지 않는 끈적끈적한 줄에 엉켜서 헤어나지들을 못한다. 나는 피로와 공복 때문에 무너져 들어가는 몸뚱이를 끌고 그 오탁의 거리 속으로 섞여 가지 않는 수도 없다 생각하였다.

나서서 나는 또 문득 생각하여 보았다. 이 발길이 지금 어디로 향하여 가는 것인가를… 그때 내 눈앞에는 아내의 모가지가 벼락처럼 내려 떨어졌다. 아스피린과 아달린.

우리들은 서로 오해하고 있느니라. 설마 아내가 아스피린 대신에 아달린의 정량을 나에게 먹여 왔을까? 나는 그것을 믿을 수는 없다. 아내가 대체 그럴 까닭이 없을 것이니, 그러면 나는 날밤을 새면서 도둑질을 계집질을 하였나? 정말이지 아니다.

우리 부부는 숙명적으로 발이 맞지 않는 절름발이인 것이다. 내나 아내나 제 거동에 로직을 붙일 필요는 없다. 변해할 필요도 없다. 사실은 사실대로 오해는 오해 대로 그저 끝없이 발을 절뚝거리면서 세상을 걸어가면 되는 것이다. 그렇지 않을까?

그러나 나는 이 발길이 아내에게로 돌아가야 옳은 가 이것만은 분간하기가 좀 어려웠다. 가야하나? 그럼 어 디로 가나?

이때 뚜우 하고 정오 사이렌이 울었다. 사람들은 모 두 네 활개를 펴고 닭처럼 푸드덕거리는 것 같고 온갖 유리와 강철과 대리석과 지폐와 잉크가 부글부글 끓고 수선을 떨고 하는 것 같은 찰나! 그야말로 현란을 극한 정오다.

나는 불현듯 겨드랑이가 가렵다. 아하, 그것은 내 인 공의 날개가 돋았던 자국이다. 오늘은 없는 이 날개. 머 릿속에서는 희망과 야심이 말소된 페이지가 딕셔너리 넘 어가듯 번뜩였다.

나는 걷던 걸음을 멈추고 그리고 일어나 한 번 이렇

게 외쳐 보고 싶었다.

날개야 다시 돋아라.

날자. 날자. 한 번만 더 날자꾸나.

한 번만 더 날아 보자꾸나.

4장

동경
....

내가 생각하던 마루노치 빌딩(속칭 '마루비루')은 적어
도 이 '마루비루'의 네 갑절은 되는 굉장한 것이었다. 뉴
욕 브로드웨이에 가서도 나는 똑같은 환멸을 당할는지.
어쨌든 '이 도시는 몹시 가솔린 내가 나는구나!'가 동경
의 첫인상이다.

우리같이 폐가 칠칠치 못한 인간은 우선 이 도시에
살 자격이 없다. 입을 다물어도 벌려도 척 가솔린 내가
침투되어 버렸으니 무슨 음식이고 간에 얼마간의 가솔
린 맛을 면할 수 없다. 그러면 동경 시민의 체취는 자동
차와 비슷해 가리로다

이 '마루노치' 라는 빌딩 동리에는 빌딩 외에 주민이

없다. 자동차가 구두 노릇을 한다. 도보하는 사람이라고
는 세기말과 현대 자본주의를 비예(睥睨)하는 거룩한 철
학인, 그 외에는 하다못해 자동차라도 신고 드나든다.

그런데 내가 어림없이 이 동리를 5분 동안이나 걸었
다. 그러면 나도 현명하게 택시를 잡아타는 수밖에. 나는
택시 속에서 20세기라는 제목을 연구했다.
　창밖은 지금 궁성(宮城) 호리 곁, 무수한 자동차가
영영(營營)히 20세기를 유지하느라고 야단들이다. 19세기
쉬적지근한 냄새가 썩 많이 나는 내 도덕성은 어째서 저
렇게 자동차가 많은가를 이해할 수 없으니까 결국은 대
단히 점잖은 것이렷다.

신주쿠(新宿[신숙])는 신주쿠다운 성격이 있다. 박빙
(薄氷)을 밟는 듯한 사치. 우리는 프랑스 야시키에서 미
리 우유를 섞어 가져온 커피를 한잔 먹고 그리고 10전
씩을 치를 때 어쩐지 9전 5리보다 5리가 더 많은 것 같
다는 느낌이었다. '에루테루ERUTERU'(동경 시민은 불란서를
'HURANSU'라고 쓴다)는 세계에서 제일 맛있는 연애를 한
사람의 이름이라고 나는 기억하는데 '에루테루'는 조금도

102

슬프지않다. 신주쿠(귀화鬼火) 같은 이 번영(繁榮) 3정목(丁目) 저편에는 판장(板墻)과 팔리지 않는 지대(地岱)와 오줌 누지 말라는 게시가 있고 또 집들도 물론 있겠지요.

C군은 우선 졸려 죽겠다는 나를 치쿠지(築地[축지]) 소극장으로 안내한다.

극장은 지금 놀고 있다. 가지가지 포스터를 붙인 이 일본 신극운동의 본거지가 내 눈에는 서투른 설계의 끽다점 같았다. 그러나 서푼짜리 영화는 놓치는 한이 있어도 이 소극장만은 때때로 참관하였으니 나도 연극 애호가 중으로는 고급이다.

'인생보다는 연극이 재미있다'는 C군과 반대로 H군은 회의파다.

아파트의 H군의 방이 겨울에는 16원, 여름에는 14원, 춘추로 15원, 이렇게 산 비둘기처럼 변하는 회계에 대하여 그는 회의와 조소가 깊고 크다. 나는 건망증이 좀 심하므로 그렇게 계절을 따라 재주를 부리지 않는 방을 원하였더니 시골사람으로 이렇게 먼 데를 혼자 찾아온 것을 보니 당신은 역시 재주가 많은 사람이라고 조주

(女中[여중]) 양이 나를 위로한다. 나는 그의 코 왼편 언덕에 달린 사마귀가 역시 당신의 행복을 상징하는 것이라고 위로해 주고 나서 후지(富士[부사]) 산을 한번 똑똑히 보았으면 원이 없겠다고 부언해 두었다.

이튿날 아침 7시에 지진이 있었다. 나는 들창을 열고 흔들리는 대동경을 내다보니까 빛이 노랗다. 그 저편 잘 개인 하늘 소꿉장난 과자같이 가련한 후지산이 반백의 머리를 내놓은 것을 보라고 조주 양이 나를 격려했다.

긴자(銀座[은좌])는 한 개 그냥 허영독본(虛榮讀本)이다. 여기를 걷지 않으면 투표권을 잃어버리는 것 같다. 여자들이 새 구두를 사면 자동차를 타기 전에 먼저 긴자의 보도를 디디고 와야 한다.

낮의 긴자는 밤의 긴자를 위한 해골이기 때문에 적잖이 추하다. '살롱하루' 굽이치는 네온사인을 구성하는 부지깽이 같은 철골들의 얼크러진 모양은 밤새고 난 여급의 퍼머넌트 웨이브처럼 남루하다. 그러나 경시청에서 '길바닥에 침을 뱉지 말라'고 광고판을 써 늘어놓았으므로 나는 침을 뱉을 수는 없다.

긴자 8정목이 내 측량에 의하면 두 자 가웃쯤 될는지! 왜? 적염난발(赤染亂髮)의 모던 영양(令孃)한 분을 30분 동안에 두 번 반이나 만날 수 있었으니 말이다. 영양은 지금 영양 하루 중의 가장 아름다운 시간을 소화하시려 나오신 모양인데 나의 이 건조무미한 프롬나드는 일종 반추에 지나지 않는다.

나는 교바시(京橋[경교]) 곁 지하 공동변소에서 간단한 배설을 하면서 동경 갔다왔다고 그렇게나 자랑을 하던 여러 친구들의 이름을 한번 암송해 보았다.

시와스(走師[주사]). 섣달 대목이란 뜻이리라, 긴자 거리 모퉁이 모퉁이의 구세군 사회 냄비가 보병총처럼 걸려 있다. 1전, 1전만 있으면 가스로 밥 한 냄비를 끓일수 있다. 이렇게 귀중한 1전을 이 사회 냄비에 던질 수는 없다.

고맙다는 소리는 1전어치 가스만큼 우리 인생을 비

익(裨益)하지 않을 뿐 아니라 때로는 신선한 산책을 불쾌하게 하는 수도 있으니 '보이'와 '걸'이 자선 쪽박을 백안시하는 것도 또한 무도(無道)가 아니리라. 묘령의 낭자 구세군, 얼굴에 여드름이 좀 난 것이 흠이지 청춘다운 매력이 횡일(橫溢)하니 '폐경기 이후에 입영하여도 그리 늦지는 않을걸요' 하고 간곡히 그의 전향을 권설(勸說)하고도 싶었다

미쓰코시(三越[삼월]), 마츠자카야(松板屋[송판옥]), 이토야(伊東屋[이동옥]), 시로키야(白木屋[백목옥]), 마츠야(松屋[송옥]), 이 7층집들이 요새는 밤에 자지 않는다. 그러나 우리는 그 속에 들어가면 안 된다.

왜? 속은 7층이 아니오 한 층인데다가 산적한 상품과 무성한 숍걸 때문에 길을 잃어버리기 쉽다.

특가품, 격안품(格安品), 할인품, 어느 것을 고를까. 그러나저러나 이 술어들은 자전에도 없다. 그러면 특가·격안·할인품보다 더 싼것은 없다. 과연 보석 등속, 모피 등속에는 눅거리가 없으니 눅거리를 업신여기는 이 종류 고객의 심리를 이해하옵시는 중형(重刑)들의 슬로건, 실로 약여(躍如)하도다.

106

밤이 왔으니 관사(冠詞) 없는 그냥 '긴자'가 출현이다. '코롬방'의 차(茶), 기노쿠니야(紀伊國屋[기이국옥])의 책은 여기 사람들의 교양이다. 그러나 더 점잖게 '브라질'에 들러서 스트레이트를 한잔 마신다. 차를 나르는 새악시들이 모두 똑같이 단풍무늬 옷을 입었기 때문에 내 눈에는 좀 성병(性病) 모형 같아서 안됐다. '브라질'에서는 석탄 대신 커피를 연료로 기차를 운전한다는데 나는 이렇게 진한 석탄을 암만 삼켜 보아도 정열은 불붙어 오르지 않는다.

애드벌룬이 착륙한 뒤의 긴자 하늘에는 신의 사려에 의하여 별도 반짝이련만 이미 이 카인의 말예(末裔)들은 별을 잊어버린지도 오래다. 노아의 홍수보다도 독가스를 더 무서워하라고 교육받은 여기 시민들은 솔직하게도 산보 귀가의 길을 지하철로 하기도 한다. 이태백이 놀던 달아! 너도 차라리 19세기와 함께 운명하여 버렸었던들 작히나 좋았을까.

5장
지도의 암실

기인 동안 잠자고 짧은 동안 누웠던 것이 짧은 동
안 잠자고 기인 동안 누웠던 그이다. 네 시에 누우면 다
섯 여섯 일곱 여덟 아홉 그리고 아홉 시에서 열 시까지
리상. 나는 리상한 우스운 사람을 아안다. 물론 나는 그
에 대하여 한 쪽 보려는 것이거니와 그에서 그의 하는
일을 떼어 던지는 것이다. 태양이 양지짝처럼 내려쪼이는
밤에 비를 퍼붓게 하여 그는 레인코우트가 없으면 그것
은 어쩌나 하여 방을 나선다.

　이삼모각로도북정차장 좌황포차거

　(離三茅閣路到北停車場 坐黃布車去)

　어떤 방에서 그는 손가락 끝을 걸린다. 손가락 끝은

질풍과 같이 지도 위를 거웃는데 그는 마않은 은광을 보았건만 의지는 걷는 것을 엄격케 한다. 왜 그는 평화를 발견하였는지 그에게 묻지 않고 의례 한 K의 바이블 얼굴에 그의 눈에서 나온 한 조각만의 보자기를 조각만 덮고 가버렸다.

옷도 그는 아니고 그의 하는 일이라고 그는 옷에 대한 귀찮은 감정의 버릇을 늘 하루의 한 번씩 벗는 것으로 이렇지 아니하냐 누구에게도 없이 반문도 하며 위로도 하여가는 것으로도 보아 안버린다.

친구를 편애하는 야속한 고집이 그의 발간 몸뎅이를 친구에게 그는 그렇게도 쉽사리 내어맡기면서 어디 친구가 무슨 짓을 하기도 하나 보자는 생각도 않는 못난이라고도 하기는 하지만 사실에 그에게는 그가 그의 발간 몸뎅이를 가지고 다니는 무거운 노역에서 벗어나고 싶어하는 갈망이다. 시계도 치려거든 칠 것이다 하는 마음보로는 한 시간만에 세 번을 치고 삼 분이 남은 후에 육십삼 분만에 쳐도 너 할대로 내버려두어 버리는 마음을 먹어버리는 관대한 세월은 그에게 이 때에 시작된다.

암뿌으르에 봉투를 씌워서 그 감소된 빛은 어디로
갔는가에 대하여도 그는 한 번도 생각하여 본 일은 없이
그는 이러한 준비와 장소에 대하여 관대하니라 생각하
여 본 일도 없다면 그는 속히 잠들지 아니할까 누구라도
생각지는 아마 않는다. 인류가 아직 만들지 아니한 글자
가 그자리에서 이랬다 저랬다 하니 무슨 암시이냐가 무
슨 까닭에 한 번 읽어 지나가면 그도 무소용인 글자의
고정된 기술방법을 채용하는 흡족지 않은 버릇을 쓰기
를 버리지 않을까를 그는 생각한다. 글자를 저것처럼 가
지고 그 하나만이 이랬다 저랬다 하면 또 생각하는 것은
사람 하나 생각 둘 말글자 셋 넷 다섯 또 다섯 또또 다
섯 또또또 다섯 그는 결국에 시간이라는 것의 무서운 힘
을 믿자 아니할 수는 없다. 한 번 지나간 것이 하나도 쓸
데없는 것을 알면서도 하나를 버리는 묵은 짓을 그도 역
시 거절치 않는지 그는 그에게 물어보고 싶지 않다. 지
금 생각나는 것이나 지금 가지는 글자가 이따가 가질 것
하나 하나 하나 하나에서 모두씩 못쓸 것인 줄 알았는
데 왜 지금 가지느냐 안가지면 고만이지 하여도 벌써 가
져버렸구나. 벌써 가져버렸구나. 벌써 가졌구나. 버렸구나.
또 가졌구나.

그는 아파오는 시간을 입은 사람이든지 길이든지 걸어버리고 걷어차고 싸와대이고 싶었다. 벗겨도 옷 벗겨도 옷 벗겨도 옷 벗겨도 옷인 다음에야 걸어도 길 걸어도 길인 다음에야 한 군데 버티고 서서 물러나지만 않고 싸워대이기만이라도 하고 싶었다.

암뿌으르에 불이 확 켜지는 것은 그가 깨이는 것과 같다 하면 이렇다. 즉 밝은 동안에 불인지 마안지 하는 얼마쯤이 그의 다섯 시간 뒤에 흐리멍텅이 달라붙은 한 시간과 같다 하면 이렇다. 즉 그는 봉투에 싸여 없어진 지도 모르는 암뿌으르를 보고 침구 속에 반 쯤 강 삶아진 그의 몸덩이를 보고 봉투는 침구다 생각한다. 봉투는 옷이다. 침구와 봉투와 그는 무엇을 배웠느냐. 몸을 내어다버리는 법과 몸을 주워들이는 법과 미닫이에 광선 잉크가 암시적으로 쓰는 의미가 그는 그의 몸덩이에 불이 확 켜진 것을 알라는 것이니까 그는 봉투를 입는다. 침구를 입는 것과 침구를 벗는 것이다. 봉투는 옷이고 침구 다음에 그의 몸덩이가 뒤집어쓰는 것으로 닳는다. 발갛게 암뿌으르에 습기 제하고 젖는다. 받아서는 내어던지고 집어서는 내어버리는 하루가 불이 들어왔다 불이 꺼지자 시작된다. 역시 그렇구나. 오늘은 카렌더의 붉은 빛이 내어내었다고 그렇게 카렌더를 만든 사람이나 떼이고 간 사람이나가 마련하여 놓은 것을 그는 위반할 수가 없다. K는 그의 방의 카렌더의 빛이 K의 방의 카렌더의 빛과 일치하는 것을 좋아하는 선량한 사람이니까 붉은 빛에 대하여 겸하여 그에게 경고하였느냐. 그는 몹시 생각한다. 일요일의 붉은 빛은 월요일의 흰 빛이 있을 때에 못쓰게 된 것이지만 지금은 가장 쓰이는 것이로구나. 확실치 아니한 두 자리의 숫자가 서로 맞붙들고 그가 웃는 것을 보고 웃는 것을 흉내내어 웃는다. 그는 카렌더에게 지지는 않는다. 그는 대단히 넓은 웃음과 대단이 좁은 웃음을 운반에 요하는 시간을 초인적으로 가장 짧게 하여 웃어버려 보여줄 수 있었다.

인사는 유쾌한 것이라고 하여 그는 게으르지 않다. 늘 투스부럿시는 그의 이 사이로 와보고 물이 얼굴 그중에도 뺨을 건드려본다. 그는 변소에서 가장 먼나라의 호외를 가장 가깝게 보며 그는 그동안에 편안히 서술한다. 지난 것은 버려야 한다고 거울에 열린 들창에서 그는 리상. 이상히 이 이름은 그의 그것과 똑같거니와 xx을 만

난다. 리상은 그와 똑같이 운동복의 준비를 차렸는데 다
만 리상은 그와 달라서 아무것도 하지 않는다 하면 리상
은 어디 가서 하루 종일 있단 말이요 하고 싶어한다.

그는 그 책임의무 체육선생 리상을 만나면 곧 경의
를 표하여 그의 얼굴을 리상의 얼굴에다 문질러 주느라
고 그는 수건을 쓴다. 그는 리상의 가는 곳에서 하는 일
까지를 묻지는 않는다. 섭섭한 글자가 하나씩 하나씩 섰
다가 쓰러지기 위하여 나암는다.

니상나아거 이차 주심마
(○上那兒去 而且 做甚麼)

슬픈 먼지가 옷에 옷을 입혀가는 것을 못하여나가
게 그는 얼른 얼른 쫓아버려서 퍽 다행하였다.

그는 에로시엥코를 읽어도 좋다. 그러나 그는 본다.
왜 나를 못보는 눈을 가졌느냐. 차라리 본다. 먹은 조반
은 그의 식도를 거쳐서 바로 에로시엥코의 뇌수로 들어
서서 소화가 되든지 안되든지 밀려나가던 버릇으로 가

만 가만히 시간관념을 그래도 아니어기면서 앞선다. 그는 그의 조반을 남의 뇌에 떠맡기는 것은 견딜 수 없다. 고 견디지 않아버리기로 한 다음 곧 견디지 않는다. 그는 찾을 것을 곧 찾고도 무엇을 찾았는지 알지 않는다.

태양은 제 온도에 조을릴 것이다. 쏟아뜨릴 것이다. 사람은 딱정버러지처럼 뜰 것이다. 따뜻할 것이다. 넘어질 것이다. 새까만 핏조각이 뗑그렁 소리를 내이며 떨어져 깨어질 것이다. 땅 위에 늘어붙을 것이다. 내음새가 날 것이다. 굳을 것이다. 사람은 피부에 검은 빛으로도 금을 올릴 것이다. 사람은 부딪칠 것이다. 소리가 날 것이다.

사원에서 종소리가 걸어올 것이다. 오다가 여기서 놀고 갈 것이다. 놀다가 가지 아니할 것이다.

그는 여러가지 줄을 잡아다니라고 그래 성났을 때 내어거는 표정을 장만하라고 그래서 그는 그렇게 해 받았다. 몸덩이는 성나지 아니하고 얼굴만 성나 자기는 얼굴 속도 성나지 아니하고 살껍데기만 성나 자기는 남의 모가지를 얻어다 붙인 것 같아 꽤 제멋적었으나 그는 그래도 그것을 앞세워 내세우기로 하였다. 그렇게 하지 아니하면 아니되게 다른 것들 즉 나무 사람 옷 심지어 K까지도 그를 놀리려 드는 것이니까 그는 그와 관계없는 나무 사람 옷 심지어 K를 찾으려 나가는 것이다. 사실 빠나나의 나무와 스케이팅 여자와 스커어트와 교회에 가고마안 K는 그에게 관계없었기 때문에 그렇게 되는 자리로 그는 그를 옮겨 놓아보고 싶은 마음이다. 그는 K에게 외투를 얻어 그대로 돌아서서 입었다. 뿌듯이 쾌감이 어깨에서 잔등으로 걸쳐있어서 비잇키지 않는다. 이상하구나 한다.

그의 뒤는 그의 천문학이다. 이렇게 작정되어버린 채 그는 볕에 가까운 산 위에서 태양이 보내는 몇 줄의 볕을 압정으로 꼭 꽂아놓고 그 앞에 앉아 그는 놀고 있었다. 모래가 많다. 그것은 모두 풀이었다. 그의 산은 평지보다 낮은 곳에 처어져서 그뿐만이 아니라 움푹 오므러들어 있었다. 그가 요술가라고 하자. 별들이 구경을 나온다고 하자. 오리온의 좌석은 조기라고 하자. 두고보자. 사실 그의 생활이 그로 하여금 움직이게 하는 짓들의 여러가지라도는 무슨 모옵쓸 흉내이거나 별들에게나 구경시킬 요술이거나이지 이쪽으로 오지않는다.

　　너무나 의미를 잃어버린 그와 그의 하는 일들을 사
람들 사는 사람들 틈에서 공개하기는 끔찍끔찍한 일이
니까 그는 피난왔다. 이곳에 있다. 그는 고독하였다. 세상
어느 틈사구니에서라도 그와 관계없이나마 세상에 관계
없는 짓을 하는 이가 있어서 자꾸만 자꾸만 의미없는 일
을 하고있어 주었으면 그는 생각 아니 할 수는 없었다.

JARDIN ZOOLOGIQUE
CETTE DAME EST-ELLE LA FEMME DE
MONSIEUR LICHAN?

　　앵무새 당신은 이렇게 지껄이면 좋을 것을 그때에
나는

OUI!

　　라고 그러면 좋지 않겠읍니까. 그렇게 그는 생각한
다.

원숭이와 절교한다 원숭이는 그를 흉내내이고 그는 원숭이를 흉내내이고 흉내가 흉내를 흉내내이는 것을 흉내내이는 것을 흉내내이는 것을 흉내내이는 것을 흉내내인다. 견디지 못한 바쁨이 있어서 그는 원숭이를 보지 않았으나 이리로 와버렸으나 원숭이도 그를 아니보며 저기 있어버렸을 것을 생각하면 가슴이 터지는 것과 같았다. 원숭이 자네는 사람을 흉내내이는 버릇을 타고난 것을 자꾸 사람에게도 그 모양대로 되라고 하는가. 참지 못하여 그렇게 하면 자네는 또 하라고 참지 못해서 그대로 하면 자네는 또 하라고 그대로 하면 또 하라고 그대로 하면 또 하라고 그대로 하여도 그대로 하여도 하여도 또 하라고 하라고 그는 원숭이가 나에게 무엇이고 시키고 흉내내이고 간에 이것이 고만이다 딱 마음을 굳게 먹었다. 그는 원숭이가 진화하여 사람이 되었다는 데 대하여 결코 믿고 싶지 않았을 뿐만 아니라 같은 에호바의 손에 된 것이라고도 믿고 싶지 않았으나 그의?

그의 의미는 대체 어디서 나오는가 머언 것 같아서 불러오기 어려울 것 같다. 혼자 사아는 것이 가장 혼자 사아는 것이 되리라 하는 마음은 낙타를 타고 싶어하게

118

하면 사막 넘어를 생각하면 그곳에 좋은 곳이 친구처럼 있으리라 생각하게 한다. 낙타를 타면 그는 간다. 그는 낙타를 죽이리라. 시간은 그곳에 아니오리라. 왔다가도 도로 가리라. 그는 생각한다. 그는 트렁크와 같은 낙타를 좋아하였다. 백지를 먹는다. 지폐를 먹는다. 무엇이라고 적어서 무엇을 주문하는지 어떤 여자에게의 답장이 여자의 손이 포스트 앞에서 한 듯이 봉투째 먹힌다. 낙타는 그런 음란한 편지를 먹지 말았으면 먹으면 괴로움이 몸의 살을 마르게 하리라는 것을 낙타는 모르니 하는 수 없다는 것을 생각한 그는 연필로 백지에 그것을 얼른 배앝아놓으라는 편지를 써서 먹이고 싶었으나 낙타는 괴로움을 모른다.

정오의 사이렌이 호오스와 같이 뻗쳐 뻗으면 그런 고집을 사원의 종이 땅땅 때린다. 그는 튀어오르는 고무뿔과 같은 종소리가 아무데나 함부로 헤어져 떨어지는 것을 보아갔다. 마지막에는 어떤 언덕에서 종소리와 사이렌이 한데 젖어서 미끄러져 내려떨어져 한데 쏟아져 쌓였다가 확 헤어졌다. 그는 시골사람처럼 서서 끝난 뒤를 끝까지 구경하고 있다. 그때 그는.

풀잎 위에 누워서 봄내음새 나는 졸음을 주판에다 놓고 앉아있었다. 하나 둘 셋 넷 다섯 여섯 일곱 여덟 일곱 여섯 일곱 여섯 다섯 넷 다섯 넷 다섯 여섯 일곱 여덟 아홉 여덟 아홉 여덟 아홉 잠은 턱 밑에서 눈으로 들어가지 않는 것은 그는 그의 눈으로 물끄러미 바라다보면 졸음은 벌써 그의 눈 알맹이에 회색 그림자를 던지고 있으나 등에서 비치는 햇볕이 너무 따뜻하여 그런지 잠은 번쩍번쩍한다.

왜 잠이 아니오느냐. 자나 안자나 마찬가지인 바에야 안자도 좋지만 안자도 좋지만 그래도 자는 것이 나았다고 하여도 생각하는 것이 있으니 있다면 그는 왜 이런 앵무새의 외국어를 듣느냐 원숭이를 가게 하느냐 낙타를 오라고 하느냐 받으면 내어버려야 할 것들을 받아가지느라고 머리를 괴롭혀서는 안되겠다 마음을 몹시 상케 하느냐 이런 것인데 이것이나마 생각 아니하였으면 그나마 올 것을 구태여 생각하여 본댔자 이따가는 소용없을 것을 왜 씨근씨근 몸을 달리노라고 얼굴과 수족을 달려가면서 생각하느니 잠을 자지. 잔댔자 아니다. 잠은 자야 하느니라 생각까지 하여놓았는데도 잠은 죽어라 이쪽으로 자 그만큼만 더 왔으면 되겠다는데도 더 아니와서 아니자기만 하려들어 아니잔다. 아니잔다면.

차라리 길을 걸어서 살 내어보이는 스커어트를 보아서 의미를 찾지 못하여놓고 아무것도 아니느끼는 것을 하는 것이 차라리 나으리라. 그렇지만 어디 그렇게 번번히 있나 그는 생각한다. 뻐쓰는 여섯 자에서 조곰 우우를 떠서 다니면 좋다. 많은 사람이 탄 뻐쓰가 많은 이 거러가는 많은 사람의 머리 위를 지나가면 픽 관계가 없어서 편하리라 생각하여도 편하다.

잔등이 무거워들어온다. 죽음이 그에게 왔다고 그는 놀라지 않아본다. 죽음이 묵직한 것이라면 나머지 얼마 안되는 시간은 죽음이 하자는 대로 하게 내어버려두어 일생에 없던 가장 위생적인 시간을 향락하여 보는 편이 그를 위생적이게 하여주겠다고 그는 생각하다가 그러면 그는 죽음에 견디는 세음이냐 못그러는 세음인 것을 자세히 알아내이기 어려워 괴로워한다. 죽음은 평행사변형의 법칙으로 보이르 샤아르의 법칙으로 그는 앞으로 앞으로 걸어나가는데도 왔다 떼밀어준다.

활호동시사호동 사호동시활호동
(活胡同是死胡同 死胡同是活胡同)

그때에 그의 잔등 외투 속에서.

양복 저고리가 하나 떨어졌다. 동시에 그의 눈도 그
의 입도 그의 염통도 그의 뇌수도 그의 손가락도 외투도
자암뱅이도 모두 어얼려 떨어졌다. 남은 것이라고는 단
추 넥타이 한 리틀의 탄산와사 부스러기였다. 그러면 그
곳에 서있는 것은 무엇이었더냐 하여도 위치뿐인 폐허에
지나지 않는다. 그는 그런다. 이곳에서 흩어진 채 모든 것
을 다 끝을 내어버려버릴까 이런 충동이 땅 위에 떨어진
팔에 어떤 경향과 방향을 지시하고 그러기 시작하여버리
는 것이다. 그는 무서움이 일시에 치밀어서 성내인 얼굴
의 성내인 성내인 것들을 헤치고 핵 앞으로 나선다. 무서
운 간판 저어 뒤에서 기우웃이 이쪽을 내어다보는 틈틈
이 들여다보이는 성내었던 것들의 싹뚝싹뚝된 모양이 그
에게는 한없이 가엾어 보여서 이번에는 그러면 가없다는
데 대하여 가장 적당하다고 생각하는 것은 무엇이니 무
엇을 내어거얼까 그는 생각하여보고 그렇게 한참 보다가

웃음으로 하기로 작정한 그는 그도 모르게 얼른 그만 웃
어버려서 그는 다시 걷어들이기 어려웠다. 앞으로 나선
웃음은 화석과 같이 화려하였다.

소 파 노 (笑怕怒)

시가지 한복판에 이번에 새로 생긴 무덤 위로 딱정
버러지에 묻은 각국 웃음이 헤뜨려 떨어뜨려져 모여들
었다. 그는 무덤 속에서 다시 한 번 죽어버리려고 죽으면
그래도 또 한 번은 더 죽어야 하게 되고 하여서 또 죽으
면 또 죽어야 되고 또 죽어도 또 죽어야 되고 하여서 그
는 힘들여 한 번 몹시 죽어보아도 마찬가지지만 그래도
그는 여러 번 여러 번 죽어보았으나 결국 마찬가지에서
끝나는 끝나지 않는 것이었다. 하느님은 그를 내어버려두
십니까. 그래 하느님은 죽고 나서 또 죽게 내어버려두십
니까. 그래 그는 그의 무덤을 어떻게 치울까 생각하던 끄
트머리에 그는 그의 잔등 속에서 떨어져 나온 근거없는
저고리에 그의 무덤 파편을 주섬주섬 싸끌어 모아가지
고 터벅터벅 걸어가 보기로 작정하여 놓고 그렇게 하여
도 하느님은 가만히 있나를 또 그 다음에는 가만히 있다

123

면 어떻게 되고 가만히 있지 않다면 어떻게 할 작정인가 그것을 차례차례로 보아내려가기로 하였다.

K는 그에게 빌려주었던 저고리를 입은 다음 양시가 렛트처럼 극장으로 몰려갔다고 그는 본다. K의 저고리는 풍기취체 탐정처럼.

그에게 무덤을 경험케 하였을 뿐인 가장 간단한 불변색이다. 그것은 어디를 가더라도 까마귀처럼 트릭크를 웃을 것을 생각하는 그는 그의 모자를 벗어 땅 위에 놓고 그 가만히있는 모자가 가만히 있는 틈을 타서 그의 구둣바닥으로 힘껏 내려밟아 보아버리고 싶은 마음이 종아리 살구뼈까지 내려갔건만 그곳에서 장엄히도 승천하여버렸다.

남아있는 박명의 영혼 고독한 저고리의 폐허를 위한 완전한 보상. 그의 영적 산술. 그는 저고리를 입고 길을 길로 나섰다. 그것은 마치 저고리를 안입은 것과 같은 조건의 특별한 사건이다. 그는 비장한 마음을 가지기로 하고 길을 그 길대로 생각 끝에 생각을 겨우 겨우 이

어가면서 걸었다. 밤이 그에게 그가 갈 만한 길을 잘 내어주지 아니하는 협착한 속을 - 그는 밤은 낮보다 빽빽하거나 밤은 낮보다 되애다랗거나 밤은 낮보다 좁거나 하다고 늘 생각하여왔지만 그래도 그에게는 별 일 별로 없이 좋았거니와 - 그는 엄격히 걸으며도 유기된 그의 기억을 안고 초조히 그의 뒤를 따르는 저고리의 영혼의 소박한 자태에 그는 그의 옷깃을 여기저기 적시어 건설되지도 항해되지도 않는 한 성질없는 지도를 그려서 가지고 다니는 줄 그도 모르는 채 밤은 밤을 밀고 밤은 밤에게 밀리우고 하여 그는 밤의 밀집부대의 속으로 속으로 점점 깊이 들어가는 모험을 모험인 줄도 모르고 모험하고 있는 것 같은 것은 그에게 있어 아무것도 아닌 그의 방정식 행동은 그로 말미암아 집행되어나가고 있었다. 그렇지만.

   그는 왜 버려야 할 것을 버리는 것을 버리지 않고서 버리지 못하느냐. 어디까지라도 괴로움이었음에 변동은 없었구나. 그는 그의 행렬의 마지막의 한 사람의 위치가 끝난 다음에 지긋지긋이 생각하여보는 것을 할 줄 모르는 그는 그가 아닌 그이지 그는 생각한다. 그는 피곤한

다리를 이끌어 불이 던지는 불을 밟아가며 불로 가까이 가보려고 불을 자꾸만 밟았다.

아시이수설역급득삼야아시삼
(我是二雖說役給得三也我是三)

그런 바에야 그는 가자 그래서 스커어트 밑에 번쩍이는 조고만 메달에 의미없는 베에제를 붙인 다음 그자리에 서있음직이 있으려 하던 의미까지도 잊어버려보자는 것이 그가 그의 의미를 잊어버리는 경과까지도 잘 잊어버리는 것이 되고 마는 것이라고 생각하게 되는 그는 그렇게 생각하게 되자 그렇게 하여지게 그를 그런대로 내어던져버렸다. 심상치 아니한 음향이 우뚝 섰던 공기를 몇 개 넘어뜨렸는데도 불구하고 심상치는 않은 길이어야만 할 것이 급기해하에는 심상하고 말은 것은 심상치 않은 일이지만 그 일에 이르러서는 심상해도 좋다고 그래도 좋으니까 아무래도 좋오케 되니까 아무렇다 하여도 좋다고 그는 생각하여버리고 말았다.

LOVE PARRADE

그는 답보를 계속하였는데 페이브멘트는 후울훌 날
으는 초코레에트처럼 훌훌 날아서 그의 구둣바닥 밑을
미끄러이 쏙쏙 빠져나가고 있는 것이 그로 하여금 더욱
더욱 답보를 시키게 한 원인이라면 그것도 원인의 하나
가 될 수도 있겠지만 그 원인의 대부분은 음악적 효과에
있다고 아니볼 수 없다고 단정하여버릴만치 이날밤의 그
는 음악에 적지아니한 편애를 가지고 있지 않을 수 없을
만치 안개 속에서 라이트는 스포오츠를 하고 스포오츠
는 그에게 있어서는 마술에 가까운 기술로밖에는 아니보
이는 것이었다.

또어가 그를 무서워하며 뒤로 물러서는 거의 동시에
무거운 저기압으로 흐르는 고기압의 기류를 이용하여
그는 그 레스토오랑으로 넘어졌다 하여도 좋고 그의 몸
을 게다가 내어버렸다 틀어박았다 하여도 좋을만치 그
는 그의 몸덩이의 향방에 대하여 아무러한 설계도 하여
놓지는 아니한 행동을 직접 행동과 행동이 가지는 결정
되어있는 운명에 내어맡겨버리고 말았다. 그는 너무나 돌
연적인 탓에 그에게서 빠아져 벗어져서 엎질러졌다. 그는
이것은 이 결과는 그가 받아서는 내어던지는 그의 하는

일의 무의미에서도 제외되는 것으로 사사오입 이하에 쓸어내었다.

그의 사고력을 그는 도막도막 내어놓고 난 다음에는 그 사고력은 그가 도막도막 내인 것인 아니게 되어버린 다음에 그는 슬그머니 없어지고 단편들이 춤을 한 개씩만 추고 그가 물러가 있음직이 생각키는 데로 차례로 차례 아니로 물러버리니까 그의 지껄이는 것은 점점 깊이를 잃어버려지게 되니 무미건조한 그의 한 가지씩의 곡예에 경청하는 하나도 물론 없을 것이었지만 있었으나 그러나 K는 그의 새빨갛게 찢어진 얼굴을 보고 곧 나가버렸으니까 다른 사람 하나가 있다. 그가 늘 산보를 가면 그곳에는 커다란 바윗돌이 돌연히 있으면 그는 늘 그곳에 기이대이는 버릇인 것처럼 그는 한 여자를 늘 찾는데 그 여자는 참으로 위치를 변하지 아니하고 있으니까 그는 곧 기이대인다.

오늘은 나도 화아나는 일이 썩 많은데 그도 화가 났읍니까 하고 물으면 그는 그렇다고 대답하기 전에 그러냐고 한 번 물어보는 듯이 눈을 여자에게로 흘깃 떠보았다가 고개를 끄덕끄덕 하면 여자도 곧 또 고개를 끄덕끄덕 하지만 그 의미는 퍽 다른 줄을 알아도 좋고 몰라도 좋지만 그는 아알지 않는다. 오늘 모두 놀러 갔다가 오는 사람들뿐이 퍽 마않은데 그도 노올러 갔었더랍니까 하고 여자는 그의 쏙 들어간 뺨을 쏙 씻겨 쓰다듬어주면서 물어보면 그래도 그는 그렇다고 그래버린다. 술을 먹는 것은 그의 눈에는 수은을 먹는 것과 같이밖에는 아니보이게 아파보이기 시작한 지는 퍽 오래 되었는데 물론 그러니까 그렇지만 그는 술을 먹지 아니하며 커피이를 마신다.

여자는 싫다는 소리를 한 번도 하지 아니하고 술을 마시면 얼굴에 있는 눈가앗이 대단히 벌개지면 여자의 눈은 대단히 성질이 달라지면 여자는 그에게 별 짓을 다 하여도 그는 변하려는 얼굴의 표정의 멱살을 꽉 붙들고 다시는 놓지 않으니까 여자는 성이 나서 이빨로 입술을 꽉 깨물어서 피를 내이고 축음기와 같은 국어로 그에게 향하여 가느다랗고 길게 막 퍼부어도 그에게는 아무렇지도 않다. 여자는 우운다. 누가 그 여자에게 그렇게 하는 버릇이 여자에게 붙어있는 줄 여자는 모르는지 그가 여자의 검은 꽃 꽂인 머리를 가만히 쓰다듬어주면 너는 고생이 자심하냐는 말을 으례히 하는 것이라 그렇게 그도 한 줄 알고 여자는 그렇다고 고개를 테불 우에 엎드려 올려놓은 채 좌우로 조금 흔드는 것은 그렇지 않다는 말은 아니고 상하로 흔들 수 없는 까닭인 증거는 여자는 곧 눈물이 글썽글썽한 얼굴을 들어 그에게로 주면서 팔뚝을 훌훌 걷으면서 자아 보십시오 이렇게 마르지 않았읍니까 하고 암만 내어밀어도 그에게는 얼마만큼에서 얼마큼이나 말랐는지 도무지 알 수가 없어서 그렇겠다고 그저 간단히 건드려만 두면 부은한 듯이 여자는 막 운다.

아까까지도 그는 저고리를 이상히 입었었지만 지금은 벌써 그는 저고리를 입은 평상시를 걷는 그이고 말아버리게 되어서 길을 걷는다. 무시무시한 하루의 하루가 차츰 차츰 끝나들어가는구나 하는 어둡고도 가벼운 생각이 그의 머리에 씌운 모자를 쓰면 벗기고 쓰면 벗기고 하는 것과 같이 간질 간질 상쾌한 것이었다. 조곰 가만히 있으라고 암뿌으르의 씌워진 채로 있는 봉투를 벗겨놓은 다음 책상 우에 있는 여러가지 책을 하나씩 둘씩

셋씩 넷씩 트럼프를 섞을 때와 같이 섞기 시작하는 것은 무엇을 찾기 위한 섞은 것을 차곡 차곡 추리는 것이 그렇게 보이는 것이지만 얼른 나오지 않는다. 시계는 여덟 시 불빛이 방 안에 화안하여도 시계는 친다든가 간다든가 하는 버릇을 조곰도 변하지 아니하니까 이때부터쯤 그의 하는 일을 시작하면 저녁밥의 소화에는 그다지 큰 지장이 없으리라 생각하는 까닭은 그는 결코 음식물의 완전한 소화를 바라는 것은 아니고 대개 웬만하면 그저 그대로 잊어버리고 내어버려두리라 하는 그의 음식물에 대한 관념이다.

백지와 색연필을 들고 덧문을 열고 문 하나를 여언 다음 또 문 하나를 여은 다음 또 열고 또 열고 또 열고 또 열고 인제는 어지간히 들어왔구나 생각키는 때쯤 하여서 그는 백지 위에다 색연필을 세워놓고 무인지경에서 그만이 하다가 고만두는 아름다운 복잡한 기술을 시작하니 그에게는 가장 넓은 이 벌판이 밝은 밤이어서 가장 좁고 갑갑한 것인 것 같은 것은 완전히 잊어버릴 수 있는 것이다. 나날이 이렇게 들어갈 수 있는 데까지 들어갈 수 있는 한도는 점점 늘어가니 그가 들어갔다가는 언제든지 처음 있던 자리로 도로 나올 수는 염려없이 있다고 믿고 있지만 차츰 차츰 그렇지도 않은 것은 그가 알면서 도는 그러지는 않을 것이니까 그는 확실히 모르는 것이 다.

이런 때에 여자가 와도 좋은 때는 그의 손에서 피곤한 연기가 무럭무럭 기어오르는 때이다 그 여자는 그 고생이 자심하여서 말랐다는 넓적한 손바닥으로 그를 투덕투덕 두드려주어서 잠 자라고 하지만 그는 여자는 가도 좋다 오지 않아도 좋다고 생각하는 것이지만 이렇게 가끔 정말 좀 와주었으면 생각도 한다. 그가 만일 여자의 뒤로 가서 바지를 걷고 서면 그는 있는지 없는지 모르게 되어버릴만큼 화가 나서 말랐다는 여자는 넓적한 체격을 그는 여자뿐 아니라 아무에게서도 싫어하는 것이다.

넷, 하나 둘 셋 넷 이렇게 그 거추장스러이 굴지 말고 산뜻이 넷만 쳤으면 여북 좋을까 생각하여도 시계는 그러지 않으니 아무리 하여도 하나 둘 셋은 내어버릴 것이니까 인생도 이럭저럭 하다가 그만일 것인데 낯모를 여인에게 웃음까지 산 저고리의 지저분한 경력도 흐지

132

부지 다 스러질 것을 이렇게 마음 조릴 것이 아니라 암 뿌으르에 봉투 씌우고 옷 벗고 몸뚱이는 침구에 떼내어 맡기면 얼마나 모든 것을 다 잊을 수 있어 편할까 하고 그는 잔다.

6장

동해
....

촉각(觸角)

촉각이 이런 정경을 도해(圖解)한다.

유구한 세월에서 눈뜨니 보자, 나는 교외 정건(淨乾)한 한 방에 누워 자급자족하고 있다. 눈을 둘러 방을 살피면 방은 추억처럼 착석한다. 또 창이 어둑어둑하다.

불원간 나는 굳이 지킬 한 개 슈트케이스를 발견하고 놀라야 한다. 계속하여 그 슈트케이스 곁에 화초처럼 놓여 있는 한 젊은 여인도 발견한다.

나는 실없이 의아하기도 해서 좀 쳐다보면 각시가 방긋이 웃는 것이 아니냐. 하하, 이것은 기억에 있다. 내가 열심으로 연구한다. 누가 저 새악시를 사랑하던가! 연구중에는,

"저게 새벽일까? 그럼 저묾일까?"

부러 이런 소리를 했다. 여인은 고개를 끄덕끄덕한
다. 하더니 또 방긋이 웃고 부스스 오월 철에 맞는 치마
저고리 소리를 내면서 슈트케이스를 열고 그 속에서 서
슬이 퍼런 칼을 한 자루만 꺼낸다.

이런 경우에 내가 놀라는 빛을 보이거나 했다가는
뒷갈망하기가 좀 어렵다. 반사적으로 그냥 손이 목을 눌
렀다 놓았다 하면서 제법 천연스럽게,

"님재는 자객입니까요?"

서투른 서도(潟) 사투리다. 얼굴이 더 깨끗해지면서
가느다랗게 잠시 웃더니, 그것은 또 언제 갖다 놓았던 것
인지 내 머리맡에서 나쓰미캉(여름밀감)을 집어다가 그 칼
로 싸각싸각 깎는다.

"봐라!"

내 입 안으로 침이 쫘르르 돌더니 불현듯이 농담이
하고 싶어 죽겠다.

"가시내애요, 날쭘 보이소, 나캉 결혼할랑기요? 맹서
되나? 되제?"

또,

"융(尹)이 날로 패아 주뭉 내사 고마 마자 주울란다.
그람 늬능 우앨랑가? 잉?"

우리들이 맛있게 먹었다. 시간은 분명히 밤에 쏟아
져 들어온다. 손으로 손을 잡고,

"밤이 오지 않고는 결혼할 수 없으니까."

이렇게 탄식한다. 기대하지 않은 간지러운 경험이다.
낄낄낄낄 웃었으면 좋겠는데, 아 결혼하면 무엇 하
나, 나 따위가 생각해서 알 일이 되나?
그러나 재미있는 일이로다.

"밤이지요?"

"아냐."

"왜 밤인데 애 우습다 밤인데 그러네."

"아냐, 아냐."

"그러지 마세요, 밤이에요."

"그럼 뭐, 결혼해야 허게."

"그럼요."

"히히히히."

결혼하면 나는 임(姙)이를 미워한다. 윤? 임이는 지금 윤한테서 오는 길이다. 윤이 내어대었단다. 그래 보는 거다. 그런데 임이가 채 오해했다. 정말 그러는 줄 알고 울고 왔다.

"애개 밤일세."

"어떡허구 왔누."

"건 알아 뭐 허세요?"

"그래두."

"제가 버리구 왔에요."

"족히?"

"그럼요!"

"히히."

"절 모욕하지 마세요."

"그래라."

일어나더니 나는 지금 이러한 임이를 좀 묘사해야겠
는데, 최소한도로 그 차림차림이라도 알아두어야겠는데
임이 슈트케이스를 뒤집어엎는다. 왜 저러누 하면서 보자
니까 야단이다. 죄다 파헤치고 무엇인지 찾는 모양인데
무엇을 찾는지 알아야 나도 조력을 하지, 저렇게 방정만
떠니 낸들 손을 대일 수가 있나, 내버려두었다가도 참다
못해서,

"거 뭘 찾누?"

"엉 엉. 반지. 엉 엉"

"원 세상에, 반진 또 무슨 반진구."

"결혼 반지지."

"옳아, 옳아, 옳아, 응, 결혼 반지렷다."

"아이구 어딜 갔누, 요게, 어딜 갔을까."

결혼 반지를 잊어버리고 온 신부, 라는 것이 있을까? 가소롭다. 그러나 모르는 말이다, 라는 것이 반지는 신랑이 준비하라는 것인데-그래서 아주 아는 척하고,

　　"그건 내 슈트케이스에 들어 있는 게 원칙적으로 옳지!"
　　"슈트케이스 어딨에요?"
　　"없지!"
　　"쯧, 쯧."

　　나는 신부 손을 붙잡고,

　　"이리 좀 와봐."
　　"아야, 아야, 아이, 그러지 마세요, 노세요."

　　하는 것을 잘 달래서 왼손 무명지에다 털붓으로 쌍줄 반지를 그려 주었다. 좋아한다. 아무것도 낑기운 것은 아닌데 제법 간질간질한 게 천연 반지 같단다.
　　전연 결혼하기 싫다. 트집을 잡아야겠기에,

　　"몇 번?"

"한 번."

"정말?"

"꼭."

이래도 안 되겠고 간발(間髮, 아주 잠시 또는 아주 적음을
이르는 말)을 놓지 말고 다른 방법으로 고문을 하는 수밖
에 없다.

"그럼 윤 이외에?"

"하나."

"예이!"

"정말 하나예요."

"말 마라."

"둘."

"잘 헌다."

"셋."

"잘 헌다, 잘 헌다."

"넷."

"잘 헌다, 잘 헌다, 잘 헌다."

"다섯."

속았다. 속아 넘어갔다. 밤은 왔다. 촛불을 켰다. 껐다. 즉 이런 가짜 반지는 탄로가 나기 쉬우니까 감춰야 하겠기에 꺼도 얼른 켰다. 밤이 오래 걸려서 밤이었다.

패배(敗北, 겨루어서 짐) 시작

이런 정경은 어떨까? 내가 이발소에서 이발을 하는 중에-
이발사는 낯익은 칼을 들고 내 수염 많이 난 턱을 치켜든다.

"님재는 자객입니까?"

하고 싶지만 이런 소리를 여기 이발사를 보고도 막 한다는 것은 어쩐지 아내라는 존재를 시인하기 시작한 나로서 좀 양심에 안된 일이 아닐까 한다.
싹둑, 싹둑, 싹둑, 싹둑.
나쓰미캉 두 개 외에는 또 무엇이 채용이 되었던가. 암만해도 생각이 나지 않는다. 무엇일까.

그러다가 유구한 세월에서 쫓겨나듯이 눈을 뜨면, 거기는 이발소도 아무 데도 아니고 신방이다.

　　나는 엊저녁에 결혼했단다.

　　창으로 기웃거리면서 참새가 그렇게 의젓스럽게 싹둑거리는 것이다. 내 수염은 조금도 없어지진 않았고.

　　그러나 큰일난 것이 하나 있다. 즉 내 곁에 누워서 보통 아침잠을 자고 있어야 할 신부가 온데간데가 없다. 하하, 그럼 아까 내가 이발소 걸상에 누워 있던 것이 그쪽이 아마 생시더구나, 하다가도 또 이렇게까지 역력한 꿈이라는 것도 없을 줄 믿고 싶다.

　　속았나 보다. 밑진 것은 없다고 하지만 그 동안에 원 세월은 얼마나 유구하게 흘렀을까 그렇게 생각을 하고 보니까 어저께 만난 윤이 만난 지가 바로 몇 해나 되는 것도 같아서 익살맞다. 이것은 한번 윤을 찾아가서 물어보아야 알 일이 아닐까, 즉 내가 자네를 만난 것이 어제 같은데 실로

　　몇 해나 된 세음인가, 필시 내가 임이와 엊저녁에 결혼한 것 같은 착각이 있는데 그것도 다 허망된 일이렷다.

이렇게-

그러나 다음 순간 일은 더 커졌다. 신부가 홀연히 나타난다. 오월철로 치면 좀 더웁지나 않을까 싶은 양장으로 차렸다. 이런 임이와는 나는 면식이 없는 것이다.

그러나 그뿐인가 단발이다. 혹 이이는 딴 아낙네가 아닌지 모르겠다. 단발 양장의 임이란 내 친근(親近, 정분이 친하고 가까움)에는 없는데, 그럼 이렇게 서슴지 않고 내 방으로 들어올 줄 아는 남이란 나와 어떤 악연(惡緣, 좋지 못한 인연)일까?

가시내는 손을 톡톡 털더니,

"갖다 버렸지."

이렇다면 임이는 틀림없나 보니 안심하기로 하고,

"뭘?"
"입구 옹 거."
"입구 옹 거?"

"입고 옹 게 치마저고리지 뭐예요?"

"건 어째 내다버렸다능 거야."

"그게 바로 그거예요."

"그게 그거라니?"

"어이 참, 아, 그게 바로 그거라니까 그래."

초가을 옷이 늦은 봄옷과 비슷하렷다. 임의 말을 가량(假量, 어떤 일에 대하여 확실한 계산은 아니나 얼마쯤이나 정도가 되리라고 짐작하여 봄) 신용하기로 하고 임이가 단 한 번 윤에게-

가만있자, 나는 잠시 내 신세에 대해서 석명(釋明, 사실을 설명하여 내용을 밝힘)해야 할 것 같다. 나는 이를테면 적지 않이 참혹하다. 나는 아마 이 숙명적 업원(業冤, 원통한 업)을 짊어지고 한평생을 내리 번민해야 하려나 보다. 나는 형상 없는 모던 보이다. 라는 것이 누구든지 내 꼴을 보면 돌아서고 싶을 것이다. 내가 이래봬도 체중이 십사 관(貫, 무게의 단위)이나 있다고 일러 드리면 귀하는 알아차리시겠소? 즉 이 척신(瘠身, 몸이 여위다)이 총알을 집어먹었기로니 좀처럼 나기 어려운 동굴을 보이는 것은 말

145

하자면 나는 전혀 뇌수에 무게가 있다. 이것이 귀하가 나를 겁낼 중요한 비밀이외다.

　그러니까 -
　어차어피(於此於彼, 이렇게 하거나 저렇게 하거나 어쨌든)에 일은 운명에 파문이 없는 듯이 이렇게까지 전개하고 말았으니 내 목적이라는 것을 피력할 필요도 있는 것 같다. 그러면-
　윤, 임이 그리고 나,
　누가 제일 미운가, 즉 나는 누구 편이냐는 말이다.

　어쩔까. 나는 한 번만 똑똑히 말하고 싶지만 또한 그만두는 것이 옳은가도 싶으니 그럼 내 예의와 풍봉(風峯)을 확립해야겠다.
　지난 가을 아니 늦은 여름 어느 날 - 그 역사적인 날짜는 임이 잘 기억하고 있을 것이다만 - 나는 윤의 사무실에서 이른 아침부터 와 앉아 있는 임이의 가련한 좌석을 발견한 것이다.

　그러나 그것은 온 것이 아니라 가는 길인데 집의 아

버지가 나가 잤다고 야단치실까 봐 무서워서 못 가고 그렇게 앉아 있는 것을 나는 일찌감치도 와 앉았구나 하고 문득 오해한 것이다. 그때 그 옷이다.

같은 슈미즈, 같은 드로즈, 같은 머리쪽, 한 남자 또 한 남자.

이것은 안 된다. 너무나 어색해서 급히 내다버린 모양인데 나는 좀 엄청나다고 생각한다. 대체 나는 그런 부유한 이데올로기를 마음놓고 양해하기 어렵다.

그뿐 아니다. 첫째 나의 태도 문제다. 그 시절에 나는 무엇을 하고 세월을 보냈더냐? 내게는 세월조차 없다. 나는 들창이 어둑어둑한 것을 드나드는 안집 어린애에게 일 전씩 주어 가면서 물었다.

"얘, 아침이냐, 저녁이냐?"

나는 또 무엇을 먹고 살았는지 생각이 나지 않는다. 이슬을 받아 먹었나? 설마.

이런 나에게 임이는 부질없이 체면을 차리려 든 것

이다. 가련하다.

그런데 이상한 것은 그 시절에 나는 제가 배가 고픈지 안 고픈지를 모르고 지냈다면 그것이 듣는 사람을 능히 속일 수 있나. 거짓부렁이리라. 나는 걷잡을 수 없이 피부로 거짓부렁이를 해버릇하느라고 인제는 저도 눈치채지 못하는 틈을 타서 이렇게 허망한 거짓부렁이를 엉덩방아 찧듯이 해 넘기는 모양인데, 만일 그렇다면 나는 큰일났다.

그러기에 사실 오늘 아침에는 배가 고프다. 이것으로 미루면 아까 임이가 스커트, 슬립, 드로즈 등속을 모조리 내다버리고 들어왔더라는 소개조차가 필연 거짓말일 것이다. 그것은 내 인색(吝嗇, 체면을 돌아보지 않고 재물을 지나치게 아낌)한 애정의 타산이 임이더러,

"너 왜 그러지 않았더냐"

하고 암암리에 퉁명? 심술을 부려 본 것일 줄 나는 믿는다.

148

그러나 발음 안 되는 글자처럼 생동생동한 임이는 내 손톱을 열심으로 깎아 주고 있다.

"맹수가 가축이 되려면 이 흉악한 독아(毒牙, 독이 있는 이빨)를 전단(剪斷, 잘라 끊음)해 버려야 한다."

는 미술적인 권유에 틀림없다. 이런 일방 나는 못났게도,

"아이 배고파."

하고 여지없이 소박한 얼굴을 임이에게 디밀면서 아침이냐 저녁이냐 과연 이것만은 묻지 않았다.

신부는 어디까지든지 귀엽다. 돋보기를 가지고 보아도 이 가련한 일타화(一朶花, 한 떨기 꽃)의 나이를 알아내기는 어려우리라. 나는 내 실망에 수비하기 위하여 열일곱이라고 넉넉잡아 준다. 그러나 내 귀에다 속삭이기를,

"스물두 살이라나요. 어림없이 그러지 마세요. 그만

하면 알 텐데 부러 그러시지요?"

이 가련한 신부가 지금 적수공권(赤手空拳, 맨손과 맨주먹)으로 나갔다. 내 짐작에 쌀과 나무와 숯과 반찬거리를 장만하러 나간 것일 것이다.

그 동안 나는 심심하다. 안집 어린아기 불러서 같이 놀까. 하고 전에 없이 불렀더니 얼른 나와서 내 방 미닫이를 열고,

"아침이에요."

그런다. 오늘부터 일 전 안 준다. 나는 다시는 이 어린애와는 놀 수 없게 되었구나 하고 나는 할 수 없어서 덮어놓고 성이 잔뜩 난 얼굴을 해보이고는 뺨 치듯이 방 미닫이를 딱 닫아 버렸다. 눈을 감고 가슴이 두근두근하자니까, 으아 하고 그 어린애 우는 소리가 안마당으로 멀어 가면서 들려 왔다. 나는 오랫동안을 혼자서 덜덜 떨었다. 임이가 돌아오니까 몸에서 우윳내가 난다. 나는 서서히 내 활력을 정리하여 가면서 임이에게 주의한다. 똑 갓난아기 같아서 썩 좋다.

150

"목장까지 갔다 왔지요."

"그래서?"

카스텔라와 산양유(山羊乳, 염소의 젖)를 책보에 싸가지고 왔다. 집시족 아침 같다.

그리고 나서도 나는 내 본능 이외의 것을 지껄이지 않았나 보다.

"어이, 목말라 죽겠네."

대개 이렇다.

이 목장이 가까운 교외에는 전등도 수도도 없다. 수도 대신에 펌프.

물을 길러 갔다 오더니 운다. 우는 줄만 알았더니 웃는다. 조런-하고 보면 눈에 눈물이 글썽글썽하다. 그러고도 웃고 있다.

"고개 누우 집 아일까. 아, 쪼꾸망 게 나더러 너 담발했구나, 핵교 가니? 그리겠지, 고개 나알 제동무루 아아나 봐, 참 내 어이가 없어서, 그래, 난 안 간단다 그랬더니, 요게 또 헌다는 소리가나 발 씻게 물 좀 끼얹어 주려무나 애, 아주 이러겠지, 그래 내 물을 한 통 그냥 막 좍좍 끼얹어 주었지, 그랬더니 너두 발 씻으래, 난 이따가 씻는단다 그러구 왔어, 글쎄, 내 기가 맥혀."

누구나 속아서는 안 된다. 햇수로 여섯 해 전에 이 여인은 정말이지 처녀대로 있기는 성가셔서 말하자면 헐값에 즉 아무렇게나 내어 주신 분이시다. 그 동안 만 오 개년 이분은 휴게(休憩, 어떤 일을 하다가 잠깐 동안 쉼)라는 것을 모른다. 그런 줄 알아야 하고 또 알고 있어도 나는 때마침 변덕이 나서,

"가만있자, 거 얼마 들었더라?"

나쓰미캉이 두 개에 제아무리 비싸야 이십 전, 옳지 깜빡 잊어버렸다. 초 한 가락에 이십 전, 카스텔라 이십 전, 산양유는 어떻게 해서 그런지 그저,

"사십삼 전인데."

"어이쿠."

"어이쿠는 뭐이 어이쿠예요."

"고놈이 아무 수로두 제해지질 않는군 그래."

"소수(素數, 1과 그 수 자신 이외의 자연수로는 나눌 수 없는 자연수)?"

옳다.

신통하다.

"신통해라!"

걸입반대(乞入反對)

이런 정경마저 불쑥 내어놓는 날이면 이번 복수(復讐, 원수를 갚음) 행위는 완벽으로 흐지부지하리라. 적어도 완벽에 가깝기는 하리라.

한 사람의 여인이 내게 그 숙명을 공개해 주었다면 그렇게 쉽사리 공개를 받은-참회를 듣는 신부 같은 지위에 있어서 보았다고 자랑해도 좋은-나는 비교적 행복스러웠을는지도 모른다. 그러나 나는 어디까지든지 약다.

약으니까 그렇게 거저 먹게 내 행복을 얼굴에 나타내거나 하지는 않는다는 것이다.

이와 같은 로직을 불언실행(不言實行, 말없이 실제로 행하여짐)하기 위하여서만으로도 내가 그 구중중한 수염을 깎지 않은 것은 지당한 중에도 지당한 맵시일 것이다.

그래도 이 우둔한 여인은 내 얼굴에 더덕더덕 붙은 바 추(醜, 추하다)를 지적하지 않는다. 그것은 두말할 것도 없이 그 숙명을 공개하던 구실도 헛되거니와 그 여인의 애정이 부족한 탓이리라. 아니 전혀 없다.

나는 바른 대로 말하면 애정 같은 것은 희망하지도 않는다. 그러니까 내가 결혼한 이튿날 신부를 데리고 외출했다가 다행히 길에서 그 신부를 잃어버렸다고 하자. 내가 그럼 밤잠을 못 자고 찾을까. 그때 가령 이런 엄청난 글발이 날아들어 왔다고 내가 은근히 희망한다.

"소생이 모월 모일 길에서 주운 바 소녀는 귀하의 신부임이 확실한 듯하기에 통지하오니 찾아가시오."

그래도 나는 고집을 부리고 안 간다. 발이 있으면 오

154

겠지, 하고 나의 염두에는 그저 왕양(汪洋, 미루어 헤아리기 어려움)한 자유가 있을 뿐이다.

돈지갑을 어느 포켓에다 넣었는지 모르는 사람만이 용이하게 돈지갑을 잃어버릴 수 있듯이, 나는 길을 걸으면서도 결코 신부 임이에 대하여 주의를 하지 않기로 주의한다. 또 사실 나는 좀 편두통이다. 오월의 교외 길은 좀 눈이 부셔서 실없이 어찔어찔하다.

주마가편(走馬加鞭, 잘하는 사람을 더욱 장려함)

이런 느낌이다.

임이는 결코 결혼 이튿날 걷는 길을 앞서지 않으니 임이로 치면 이날 사실 가볼 만한 데가 없다는 것일까. 임이는 그럼 뜻밖에도 고독하던가.

닫는 말에 한층 채찍을 내리우는 형상, 임이의 작은 보폭이 어디 어느 지점에서 졸도를 하나 보고 싶기도 해서 좀 심청맞으나 자분참 걸었던 것인데-

아니나 다를까? 떡 없다.

내 상식으로 하면 귀한 사람이 가축을 끌고 소요하려 할 때 으레 가축이 앞선다는 것이다.

앞서 가는 내가 놀라야 하나. 이 경우에 그러면 그렇지 하고 까딱도 하지 않아야 더 점잖은가.

아직은? 했건만도. 어언간 없어졌다.

나는 내 고독과 내 노년을 생각하고 거기는 은행 벽 모퉁이인 것도 채 인식하지도 못하는 중 서서 그래도 서너 번은 뒤 혹은 양곁을 둘러보았다. 단발 양장의 소녀는 마침 드물다.

"이만하면 유실이군?"

닥쳐와야 할 일이 척 닥쳐왔을 때 나는 내 갈팡질팡하는 육신을 수습해야 한다. 그러나 임이는 은행 정문으로부터 마술처럼 나온다. 하이힐이 아까보다는 사뭇 무거워 보이기도 하는데, 이상스럽지는 않다.

"십 원째리를 죄다 십 전째리루 바꿨지, 이거 좀 봐, 이망큼이야, 주머니에다 느세요."

주마가편이라는 상쾌한 내 어휘에 드디어 슬럼프가 왔다는 것이다.

나는 기뻐하지 않는다. 그렇다고 대담하게 그럴 성싶은 표정을 이 소녀 앞에서 하는 수는 없다.

그래서 얼른,

SEUVENIR!

균형된 보조가 똑같은 목적을 향하여 걸었다면 겉으로 보기에 친화하기도 하련만, 나는 내 마음에 인내를 명령하여 놓고 패러독스에 의한 복수에 착수한다. 얼마나 요런 암상은 참나? 계산은 말잔다.

애정은 애초부터 없었다는 증거!

그러나 내 입에서 복수라는 말이 떨어진 이상 나만은 내 임이에게 대한 애정을 있다고 우길 수 있는 것이다.

보자! 얼마간 피곤한 내 두 발과 임이의 한 켤레 하이힐이 윤의 집 문간에 가 서게 되었는데도 깜찍스럽게 임이가 성을 안 낸다. 안차고 겸하여 다라지기도 하다.

윤은 부재요, 그러면 내가 뜻하지 않고 임이의 안색을 살필 기회가 온 것이기에,

'P. M. 다섯시까지 따이먼드로 오기를.'

이렇게 적어서 안잠자기에게 전하고 흘낏 임을 노려

보았더니-

얼떨결에 색소가 없는 혈액이라는 설명 할 수사학(修辭學, <문학> 사상이나 감정 따위를 효과적·미적으로 표현할 수 있도록 문장과 언어의 사용법을 연구하는 학문)을 나는 내가 마치 임이 편인 것처럼 민첩하게 찾아 놓았다.

폭풍이 눈앞에 온 경우에도 얼굴빛이 변해지지 않는 그런 얼굴이야말로 인간고(人間苦, 사람이 세상살이에서 받는 고통)의 근원이리라. 실로 나는 울창한 삼림 속을 진종일 헤매고 끝끝내 한 나무의 인상을 훔쳐 오지 못한 환각의 인(人, 사람)이다. 무수한 표정의 말뚝이 공동묘지처럼 내게는 똑같아 보이기만 하니 멀리 이 분주한 초조를 어떻게 점잔을 빼어서 구하느냐.

따이먼드 다방 문 앞에서 너무 머뭇머뭇하느라고 들어가지 못하고 말기는 처음이다. 윤이 오면 - 따이먼드 보이녀석은 윤과 임이 여기서 그늘을 사랑하는 부부인 것까지도 알고, 하니까 나는 다시 내 필적을,

"P. M. 여섯시까지 집으로 저녁을 토식(討食)하러 가리로다. 물경(勿驚, '놀라지 마라' 또는 '놀랍게도'의 뜻으로 엄청난

것을 말할 때에 미리 내세우는 말) 부처(夫妻, 부부)."

주고 나왔다. 나온 것은 나왔다뿐이지, DOUGHTY DOG(용감한 개)이라는 가증(可憎, 괘씸하고 얄미움)한 장난감을 살 의사는 없다. 그것은 다만 십 원짜리 체인지(환전)와 아울러 임이의 분간 못 할 천후(天候)에서 나온 경증의 도박이리라.

여섯시에 일어난 사건에서 나는 완전히 실각했다.

가령 - (내가 윤더러)

"아아 있군그래, 따이먼드에 갔던가, 게다 여섯시에 오께 밥 달라구 적어 놨는데 밥이라면 술이 붙으렷다."

"갔지, 가구말구, 밥은 예펜네가 어딜 가서 아직 안 됐구, 술은 미리 먹구 왔구."

첫째 윤은 따이먼드까지 안 갔다. 고 안잠자기 말이 아이구 댕겨가신 지 오 분두 못 돼서 드로세서 여태 기대리셨는데요 - P. M. 다섯시는 즉 말하자면 나를 힘써 만날 것이 없다는 태도다.

"대단히 교만하다."

이러려다 그만두어야 했다. 나는 그 대신 배를 좀 불쑥 앞으로 내어밀고,

"내 아내를 소개허지, 이름은 임이."

"아내? 허- 착각을 일으켰군 그래, 내 짐작 같애서는 그게 내 아내 비슷두 헌데!"

"내가 더 미안헌 말 한마디만 허까, 이 따위 서 푼째리 소설을 쓰느라고 내가 만년필을 쥐이지 않았겠나, 추억이라는 건 요컨대 이 만년필망큼두 손에 직접 잡히능게 아니란 내 학설이지, 어때?"

"먹다 냉길 걸 몰르구 집어먹었네그려. 자넨 자고로 귀족 취미는 아니라니까, 아따 자네 위생이 부족헌 체허구 그저 그대루 견디게 그려, 내게 암만 퉁명을 부려야 낸들 또 한번 다 버린 만년필을 인제 와서 어쩌겠나."

내 얼굴은 담박 잠잠하다. 할 말이 없다. 핑계삼아 내 포켓에서,

DOUGHTY DOG을 꺼내 놓고 스프링을 감아 준다.

160

한 마리의 그레이하운드가 제 몸집만이나 한 구두 한 짝을 물고 늘어져서 흔든다. 죽도록 흔들어도 구두는 구두 대로 개는 개대로 강철의 위치를 변경하는 수가 없는 것이 딱하기가 짝이 없고 또 내가 더럽다.

DOUGHTY는 더럽다는 말인가. 초조하다는 말인가. 이 글자의 위압에 참 나는 견딜 수 없다.

"아닝게 아니라 나두 깜짝 놀랐네, 놀란 것이 지애가(안잠자기가) 내 댕겨 두로니까 헌다는 소리가, 한 마흔 댓 되는 이가 열칠팔 되는 시액시를 데리구 날 찾어왔더라구, 딸 겉기두 헌데 또 첩겉기두 허더라구, 종잇조각을 봐두 자네 이름을 안 썼으니 누군지 알 수 없구, 덮어놓구 따이먼 드루 찾어갔다가 또 혹시 실수허지나 않을까봐, 예끼 그만 내버려둬라 제눔이 누구등 간에 날보구 싶으면 찾어오겠지 허구 기대리든 차에, 하하 이건 좀 일이 제대루 되질 않은 것 겉기두 허에 어째."

나는 좋은 기회에 임이를 한번 어디 돌아다보았다. 어족(魚族, 어류)이나 다름없이 뭉툭한 채 그 이 두남자를 건드렸다 말았다 한 손을 솜씨있게 놀려, DOUGHTY

DOG 스프링을 감아 주고 있다. 이것이 나로서 성화가 날 일이 아니면 죄(罪) 시인이다. 아— 아—

나는 아— 아— 하기를 면하고 싶어도 다음에 내 무너져 들어가는 육체를 지지(支持, 붙들어서 버티는 것)할 수 있는 말을 할 수 있도록 공부하지 않고는 이 구중중한 아— 아— 를 모른 체할 수는 없다.

명 시(明示, 분명하게 드러내 보임)

여자란 과연 천혜(天惠, 하늘이 베푼 은혜)처럼 남자를 철두철미 쳐다보라는 의무를 사상의 선결조건으로 하는 탄성체던가.

다음 순간 내 최후의 취미가,

"가축은 인제는 싫다."

이렇게 쾌히 부르짖은 것이다.

나는 모든 것을 망각의 벌판에다 내다던지고 얄따란 취미 한풀만을 질질 끌고 다니는 자기 자신 문지방을 이제는 넘어 나오고 싶어졌다.

우환!

유리 속에서 웃는 그런 불길한 유령의 웃음은 싫다. 인제는 소리를 가장 쾌활하게 질러서 손으로 만지려면 만져지는 그런 웃음을 웃고 싶은 것이다. 우환이 있는 것도 아니요, 우환이 없는 것도 아니요, 나는 심야의 차도에 내려선 초연한 성격으로 이런 속된 혼탁에서 돌아 서 보았으면 -

그러기에는 이번에 적잖이 기술을 요했다. 칼로 물을 베듯이,

"아차! 나는 T가 월급이군 그래, 잊어버렸구나(하건만 나는 덜 배앝아 놓은 것이 혀에 미꾸라지처럼 걸려서 근질근질한다. 윤은 혹은 식물과 같이 인문(人文, 인류의 문화)을 떠난 방탄조끼를 입었나!) 그러나 윤! 들어 보게, 자네가 모조리 핥았다는 임이의 나체는 그건 임이가 목욕할 때 입는 비누 드레스나 마찬가질세! 지금 아니! 전무후무하게 임이 벌거숭이는 내게 독점된 걸세, 그리게 자넨 그만큼 해두구 그 병정 구두 겉은 교만을 좀 버리란 말일세, 알아듣겠나."

163

윤은 낙조(落照, 저녁에 지는 햇빛)를 받은 것처럼 얼굴이 불콰하다. 거기 조소가 지방처럼 윤이 나서 만연하는 것이 내 전투력을 재채기시킨다.

윤은 내가 불쌍하다는 듯이,

"내가 이만큼꺼지 사양허는데 자네가 공연히 자꾸 그러면 또 모르네, 내 성가셔서 자네 따귀 한대쯤 갈길는지두."

이런 어리석어 빠진 논쟁을 왜 내게 재판을 청하지 않느냐는 듯이 그레이하운드가 구두를 기껏 흔들다가 그치는 것을 보아 임이는 무용의 어떤 포즈 같은 손짓으로,

"지이가 됴스의 여신입니다. 둘이 어디 모가질 한번 바꿔 붙여 보시지요. 안 되지요? 그러니 그만들 두시란 말입니다. 윤헌테 내어준 육체는 거기 해당한 정조가 법률처럼 붙어 갔던 거구요,

또 지이가 어저께 결혼했다구 여기두 여기 해당한 정조가 따라왔으니까 뽐낼 것두 없능 거구, 질투헐 것두 없능

164

거구, 그러지 말구 겉은 선수끼리 악수나 허시지요, 네?"

윤과 나는 악수하지 않았다. 악수 이상의 통봉(痛棒, 좌선할 때 쓰는 방망이)이 윤은 몰라도 적어도 내 위에는 내려앉았는 것이니까. 이것은 여기 앉았다가 밴댕이처럼 납작해질 징조가 아닌가. 겁이 차츰차츰 나서 나는 벌떡 일어나면서 들창 밖으로 침을 탁 배앝을까 하다가 자분참,

"그렇지만 자네는 만금을 기울여두 이젠 임이 나체스냅 하나 보기두 어려울 줄 알게. 조끔두 사양헐 게 없이 국으루 나허구 병행해서 온전한 정의를 유지허능 게 어떵가?"

하니까,

"이착(二着) 열 번 헌 눔이 아무래두 일착 단 한 번 헌 눔 앞에서 고갤 못 드는 법일세, 자네두 그만헌 예의쯤 분간이 슬 듯헌데 왜 그리 바들짝바들짝허나 응? 그러구 그 만금이니 만만금이니 허능 건 또 다 뭔가? 나라는 사람은 말일세 자세 듣게, 여자가 날 싫여허면 헐수

165

록 좋아하는 체허구 쫓아댕기다가두 그 여자가 섣불리 그럼 허구 좋아허는 낯을 단 한 번 허는 날에는, 즉 말허자면 마즈막 물건을 단 한 번 건드리구 난 다음엔 당장 눈앞에서 그 여자가 싫어지는 성질일세,

그건 자네가 아주 바루 정의가 어쩌니 허지만 이거야말루 내 정의에서 우러나오는 걸세. 대체 난나버덤 낯은 인간이 싫으예. 여자가 한번 제 마즈막 것을 구경시킨 다음엔 열이면 열 백이면 백, 밑으루 내려가서 그 남자를 쳐다보기 시작이거든, 난 이게 견딜 수 없게 싫단 그 말일세."

나는 그제는 사뭇 돌아섰다. 그만큼 정밀한 모욕에는 더 견디기 어려워서.

윤은 새로 담배에 불을 붙여 물더니 주머니를 뒤적뒤적한다. 나를 살해하기 위한 흉기를 찾는 것일까. 담뱃불은 이미 붙었는데 -

"여기 십 원 있네. 가서 가난헌 T군 졸르지 말구 자네가 T군헌테 한잔 사주게나. 자넨 오늘 그 자네 서 푼째리 체면 때문에 꽤 우울해진 모양이니 자네 소위 신부허

구 같이 있다가는 좀 위험헐걸, 그러니까 말일세 그 신부는 내 오늘 같이 키네마(시네마)루 모시구 갈 테니 안헐말루 잠시 빌리게, 응? 왜 맘이 꺼림칙헝가?"

"너무 세밀허게 내 행동을 지정하지 말게, 하여간 난 혼자 좀 나가야겠으니 임이, 윤군허구 키네마 가지 응; 키네마 좋아허지 왜."

하고 말끝이 채 맺기 전에 임이 뾰루퉁하면서 -

"임이 남편을 그렇게 맘대루 동정허거나 자선하거나 헐 권리는 남에겐 더군다나 없습니다. 자- 그거 받아서는 안 됩니다. 여갸에요."

하고 내어놓은 무수한 십 전짜리.

"하 하 야 이것 봐라."

윤은 담뱃불을 재떨이에다 벌레 죽이듯이 꼭꼭 이기면서 좀처럼 웃음을 얼굴에서 걷지 않는다.
나도 사실 속으로,

"하 하 야 요것 봐라."

안 한 것이 아니다. 그러나 나도 웃어 보였다. 그리고
는 임의 등을 어루만져 주고 그 백동화를 한 움큼 주머
니에 넣고 그리고 과연 윤의 집을 나서는 길이다.

"이따 파헐 임시 해서 내 키네마 문 밖에서 기다리
지, 어디지?"
"단성사. 헌데 말이 났으니 말이지 난 오늘 친구헌테
술값 꿔주는 권리를 완전히 구속당했능걸!
어! 쯧 쯧."

적어도 백보 가량은 앞이 매음을 돌았다. 무던히 어
지러워서 비칠비칠하기까지 한 것을 나는 아무에게도 자
랑할 수는 없다.

TEXT(원본)

"불장난 - 정조 책임이 없는 불장난이면? 저는 즐겨
합니다. 저를 믿어 주시나요? 정조 책임이 생기는 나잘에

168

벌써 이 불장난의 기억을 저의 양심의 힘이 말살하는 것입니다. 믿으세요."

평(評, 좋고 나쁨, 잘하고 못함) - 이것은 분명히 다음에 서술되는 같은 임이의 서술 때문에 임이의 영리한 거짓부렁이가 되고 마는 일이다. 즉,

"정조 책임이 있을 때에도 다음 같은 방법에 의하여 불장난은 - 주관적으로 만이지만 - 용서될 줄 압니다. 즉 아내면 남편에게, 남편이면 아내에게, 무슨 특수한 전술로든지 감쪽같이 모르게 그렇게 스무드하게 불장난을 하는데 하고 나도 이렇달 형적을 꼭 남기지 말아야 한다는 것입니다. 네?

그러나 주관적으로 이것이 용납되지 않는 경우에 하였다면 그것은 죄요 고통일 줄 압니다. 저는 죄도 알고 고통도 알기 때문에 저로서는 어려울까 합니다. 믿으시나요? 믿어 주세요."

평 - 여기서도 끝으로 어렵다는 대문 부근이 분명히 거짓부렁이라는 것이다. 그것은 역시 같은 임이의 필적,

이런 잠재의식, 탄로 현상에 의하여 확실하다.

"불장난을 못 하는 것과 안 하는 것과는 성질이 아주 다릅니다. 그것은 컨디션 여하에 좌우되지는 않겠지요. 그러니 어떻다는 말이냐고 그러십니까. 일러 드리지요. 기뻐해 주세요. 저는 못 하는 것이 아니라 안 하는 것입니다.

자각된 연애니까요.

안 하는 경우에 못 하는 것을 관망하고 있노라면 좋은 어휘가 생각납니다. 구토. 저는 이것은 견딜 수 없는 육체적 형벌이라고 생각합니다. 온갖 자연 발생적 자태가 저에게는 어째 유취만년(乳臭萬年, 오랜세월의 젖내)의 넝맛조각 같습니다. 기뻐해 주세요. 저를 이런 원근법에 좇아서 사랑해 주시기 바랍니다."

평 - 나는 싫어도 요만큼 다가선 위치에서 임이를 설유-(設喩, 베풀고 깨우치다)하려 드는 대시의 자세를 취소해야겠다. 안 하는 것은 못 하는 것보다 교양, 지식 이런 척도로 따져서 높다. 그러나 안 한다는 것은 내가 빚어 내는 기후 여하에 빙자해서 언제든지 아무 겸손이라든가

170

주저없이 불장난을 할 수 있다는 조건부 계약을 차도 복판에 안전지대 설치하듯이 강요하고 있는 징조에 틀림은 없다.

나 스스로도 불쾌할 에필로그로 귀하들을 인도하기 위하여 다음과 같은 박빙을 밟는 듯한 회화(會話, 서로 만나서 이야기를 나눔. 또는 만나서 하는 이야기)를 조직하마.

"너는 네 말마따나 두 사람의 남자 혹은 사실에 있어서는 그 이상 훨씬 더 많은 남자에게 내주었던 육체를 걸머지고 그렇게도 호기 있게 또 정정당당하게 내 성문을 틈입(闖入, 기회를 타서 느닷없이 함부로 들어감)할 수가 있는 것이 그래 철면피가 아니란 말이냐?"

"당신은 무수한 매춘부에게 당신의 그 당신 말마따나 고귀한 육체를 염가로 구경시키셨습니다.

마찬가지지요."

"하하! 너는 이런 사회조직을 깜박 잊어버렸구나. 여기를 너는 서장(西藏, 티베트. 중국 서남부에 있는 고원 지대)으로 아느냐, 그렇지 않으면 남자도 포유(哺乳, 어미가 제 젖으로 새끼를 먹여 기름)행위를 하던 피데칸트로푸스(직립 원인) 시대로 아느냐. 가소롭구나. 미안하오나 남자에게는 육체라는 관념이 없다. 알아듣느냐?"

"미안하오나 당신이야말로 이런 사회조직을 어째 급속도로 역행하시는 것 같습니다. 정조라는 것은 일대일의 확립에 있습니다. 약탈 결혼이 지금도 있는 줄 아십니까?"

"육체에 대한 남자의 권한에서의 질투는 무슨 걸렛조각 같은 교양 나부랭이가 아니다. 본능이다. 너는 이 본능을 무시하거나 그 치기만만한 교양의 장갑으로 정리하거나 하는 재주가 통용될 줄 아느냐?"

"그럼 저도 평등하고 온순하게 당신이 정의하시는 '본능'에 의해서 당신의 과거를 질투하겠습니다. 자- 우리 숫자로 따져 보실까요?"

평 - 여기서부터는 내 교재에는 없다.

신선한 도덕을 기대하면서 내 구태의연하다고 할 만도 한 관록을 버리겠노라.

다만 내가 이제부터 내 부족하나마나 노력에 의하여 획득해야 할 것은 내가 탈피할 수 있을 만한 지식의 구매다.

나는 내가 환갑을 지난 몇 해 후 내 무릎이 일어서

는 날까지는 내 오크재로 만든 포도송이 같은 손자들을 거느리고 끽다점(喫茶店, 찻집)에 가고 싶다. 내 아라모드(멋)는 손자들의 그것과 태연히 맞서고 싶은 현재의 내 비애다.

전 질(顚跌, 굴러 넘어짐)

이러다가는 내 중립지대로만 알고 있던 건강술이 자칫하면 붕괴할 것 같은 위구(危懼, 염려하고 두려워함)가 적지 않다. 나는 조심조심 내 앉은 자리에 혹 유해한 곤충이나 서식하지 않는가 보살펴야 한다.

T군과 마주 앉아 싱거운 술을 마시고 있는 동안 내 눈이 여간 축축하지 않았단다. 그도 그럴밖에. 나는 시시각각으로 자살할 것을, 그것도 제 형편에 꼭 맞춰서 생각하고 있었으니—

내가 받은 자결(自決, 스스로 자기 목숨을 끊음)의 판결문 제목은,

"피고는 일조에 인생을 낭비하였느니라. 하루 피고의 생명이 연장되는 것은 이 건곤(乾坤, 하늘과 땅을 상징적으

173

로 일컫는 말)의 경상비를 구태여 등귀(騰貴, 물건값이 뛰어오름)시키는 것이거늘 피고가 들어가고자 하는 쥐구녕이 거기 있으니 피고는 모름지기 그리 가서 꽁무니쪽을 돌아다보지는 말지어다."

이렇다.

나는 내 언어가 이미 이 황막한 지상에서 탕진된 것을 느끼지 않을 수 없을 만치 정신은 공동(空洞, 아무것도 없이 텅 비어 있는 굴)이요, 사상은 당장 빈곤하였다. 그러나 나는 이 유구한 세월을 무사히 수면하기 위하여, 내가 몽상하는 정경을 합리화하기 위하여, 입을 다물고 꿀항아리처럼 잠자코 있을 수는 없는 일이다.

"몽골피에 형제가 발명한 경기구(輕氣球, 고려 때 운동기구의 한가지로, 둥근 가죽 주머니 속에 돼지 오줌통을 넣고 바람을 채워 발로 차던 공)가 결과로 보아 공기보다 무거운 비행기의 발달을 훼방놀 것이다. 그와 같이 또 공기보다 무거운 비행기 발명의 힌트의 출발점인 날개가 도리어 현재의 형태를 갖춘 비행기의 발달을 훼방 놓았다고 할 수도 있다. 즉 날개를 펄럭거려서 비행기를 날게하려는 노력이야말로 차륜을 발명하는 대신에 말의 보행을 본떠서 자동차를 만들 궁리로 바퀴 대신 기계장치의 네 발이 달린 자동차를 발명했다는 것이나 다름없다."

억양도 아무것도 없는 사어(死語, 죽은 말)다. 그럴밖에. 이것은 장 콕도의 말인 것도.

나는 그러나 내 말로는 그래도 내가 죽을 때까지의 단 하나의 절망, 아니 희망을 아마 텐스(시제)를 고쳐서 지껄여 버린 기색이 있다.

"나는 어떤 규수(閨秀, 남의 집 처녀를 정중하게 이르는 말) 작가를 비밀히 사랑하고 있소이다 그려!"

그 규수 작가는 원고 한 줄에 반드시 한 자씩의 오자를 삽입하는 쾌활한 태만성을 가진 사람이다. 나는 이 여인 앞에서는 내 추한 짓밖에는, 할 수 있는 거동의 심리적 여유가 없다. 이 여인은 다행히 경산부(經産婦, 아기를 낳은 경험이 있는 여자)다.

그러나 곧이듣지 마라. 이것은 다음과 같은 내 면목을 유지하기 위해 발굴한 연장에 지나지 않는다.

"내가 결혼하고 싶어 하는 여인과 결혼하지 못하는 것이 결이 나서 결혼하고 싶지도, 저쪽에서 결혼하고 싶어 하지도 않는 여인과 결혼해 버린 탓으로 뜻밖에 나와 결혼하고 싶어 하던 다른 여인이 그 또 결이 나서 다른 남자와 결혼해 버렸으니 그야말로-나는 지금 일조(一朝, 하루아침, 만일의 경우)에 파멸하는 결혼 위에 저립(佇立, 우두커니 머물러 섬)하고 있으니-일거에 삼첨(三尖)일세 그려."

즉 이것이다.

T군은 암만해도 내가 불쌍해 죽겠다는 듯이 나를 물끄러미 바라다보더니,

"자네, 그중 어려운 외국으로 가게, 가서 비로소 말두 배우구, 또 사람두 처음으루 사귀구 그리구 다시 채국채국 살기 시작허게. 그럭허능 게 자네 자살을 구할 수 있는 유일의 방도가 아닌가

그렇게 생각하는 내가 그럼 박정한가?"

자살? 그럼 T군이 눈치를 채었던가.

"이상스러워할 것도 없는 게 자네가 주머니에 칼을 넣고 댕기지 않는 것으로 보아 자네에게 자살하려는 의사가 있다는 걸 알 수 있지 않겠나. 물론 이것두 내게 아니구 남한테서 꿔온 에피그램(경구)이지만."

여기 더 앉았다가는 복어처럼 탁 터질 것 같다. 아슬아슬한 때 나는 T군과 함께 바를 나와 알맞추 단성사 문 앞으로 가서 삼 분쯤 기다렸다.

윤과 임이가 일조(一條, 한 조목) 이조(二條, 두 조목) 하는 문장(文章, 생각,느낌, 사상 등을 글로 표현한 것)처럼 나란히 나온다. 나는 T군과 같이 '만춘시사(晚春試寫)'를 보겠다. 윤은 우물쭈물하는 것도 같더니,

"바통 가져가게."

한다. 나는 일없다. 나는 절을 하면서,

"일착 선수(一着選手, 제일 먼저 시작하는 사람)여! 나를 열차가 연선(沿線, 선로를 따라서 있는 땅)의 소역(小驛, 규모가 작은 역)을 잘디잔 바둑돌 묵살하고 통과하듯이 무시하고

통과하여 주시기(를) 바라옵나이다."

순간 임이 얼굴에 독화(毒花, 독이 있는 꽃)가 핀다. 응당 그러리로다. 나는 이착의 명예 같은 것은 요새쯤 내다버리는 것이 좋았다. 그래 얼른 릴레이를 기권했다. 이 경우에도 어휘를 탕진한 부랑자의 자격에서 공구(恐懼, 몹시 두려움) 요코미쓰 리이치(橫光利一) 씨의 출세를 사글세 내어온 것이다.

임이와 윤은 인파 속으로 숨어 버렸다.

갤러리(회랑) 어둠 속에 T군과 어깨를 나란히 앉아서 신발 바꿔 신은 인간 코미디를 내려다보고 있었다. 아랫배가 몹시 아프다. 손바닥으로 꽉 누르면 밀려 나가는 김이 입에서 홍소(哄笑, 입을 크게 벌리고 웃거나 떠들썩하게 웃음)로 화해 터지려 든다. 나는 아편이 좀 생각났다. 나는 조심도 할 줄 모르는 야인(野人, 교양이 없고 예절을 모르는 사람)이니까 반쯤 죽어야 껍적대지 않는다.

스크린에서는 죽어야 할 사람들은 안 죽으려 들고 죽지 않아도 좋은 사람들이 죽으려 야단인데 수염 난 사람이 수염을 혀로 핥듯이 만지작만지작하면서 이쪽을 향하더니 하는 소리다.

"우리 의사는 죽으려 드는 사람을 부득부득 살려 가면서도 살기 어려운 세상을 부득부득 살아가니 거 익살맞지 않소."

말하자면 굽 달린 자동차를 연구하는 사람들이 거기서 이리 뛰고 저리 뛰고 하고들 있다.

나는 차츰차츰 이 객(客, 찾아온 사람) 다 빠진 텅빈 공기 속에 침몰하는 과실 씨가 내 허리띠에 달린 것 같은 공포에 지질리면서 정신이 점점 몽롱해 들어가는 벽두에 T군은 은근히 내 손에 한 자루 서슬 퍼런 칼을 쥐여 준다.

"복수하라는 말이렸다."

"윤을 찔러야 하나? 내 결정적 패배가 아닐까? 윤은 찌르기 싫다."

"임이를 찔러야 하지? 나는 그 독화 핀 눈초리를 망막에 영상한 채 왕생하다니."

내 심장이 꽁꽁 얼어 들어온다. 빠드득빠드득 이가 갈린다.

"아하 그럼 자살을 권하는 모양이로군, 어려운데- 어려워, 어려워, 어려워."

내 비겁(卑怯, 비열하고 겁이 많음)을 조소하듯이 다음 순간 내 손에 무엇인가 뭉클 뜨뜻한 덩어리가 쥐어졌다. 그것은 서먹서먹한 표정의 나쓰미캉, 어느 틈에 T군은 이것을 제 주머니에다 넣고 왔던구.

입에 침이 좌르르 돌기 전에 내 눈에는 식은 컵에 어리는 이슬처럼 방울지지 않는 눈물이 핑 돌기 시작하였다.